« ENCORE VOUS, SABBAGH! »

Pierre Sabbagh

« Encore vous, Sabbagh! »

Stock

« Je ne sais partager que l'amour non la haine. »

SOPHOCLE

Il est nécessaire d'expliquer comment tout a commencé. C'était en 1946. J'avais vingt-huit ans et il y avait en moi un formidable besoin de communiquer avec l'autre puis avec les autres. Il fallait convaincre et pour cela, sans doute, devenir le chantre de ce qui – j'en étais certain – deviendrait le langage de demain.

Il me fallait rejoindre les histrions, journalistes, saltimbanques et techniciens, ceux qui avaient faim de rêves et qui étaient ivres de joies inavouées. Ils sortaient presque intacts de la guerre et ils voulaient construire avec d'autres, si possible avec tous les autres, un demain fraternel où le rire ne serait plus mensonge et où le mot « devenir » pourrait enfin être sérieusement prononcé.

C'est pour cela que jc me suis engagé tête et cœur dans la télévision qui n'avait qu'un studio et deux caméras électroniques abandonnées par les Allemands dans un immeuble, 15, rue Cognacq-Jay, à Paris. Des hommes et des femmes, peu nombreux, se croisaient dans des bureaux, couloirs, ascenseurs, salles de projection ou de montage, cabines de télécinéma, régies et salles de réunion. Tous avaient en commun le besoin de parler, d'aller vers les autres, de tendre la main. J'étais un parmi eux. Un de ceux qui rêvaient de pouvoir créer pour l'avenir un univers dans l'univers.

Persuadé de n'être pas un chasseur d'inutile, j'ai fait ma première émission en 1946 avec un titre prémonitoire : *La*

Création du monde et j'avais évidemment invité Jean Eiffel avec son talent et ses merveilleux dessins. Nous émettions sur Paris et sa proche banlieue en 441 lignes. J'étais heureux : j'avais osé.

Qu'importe si seulement cinquante personnes ont vu cette première émission?

La deuxième exigea le transport par camionnette d'un atelier de jeunes modistes, de leur patronne, de leur ironie, de leurs fers à vapeur, de leurs têtes dc bois, de leurs lazzi et de leurs rouleaux de feutre dans le studio de la Télévision française, 15, rue Cognacq-Jay. Une de ces charmantes enfants se prenait pour Piaf et le faisait savoir. Ses camarades reprenaient au refrain. J'avais mis le printemps sur l'antenne, la joie, la vie. Le rire était avec nous tandis que la patronne hurlait : « Raymonde, ton fer est trop chaud! Si tu me salopes (!) ce feutre, je te fous à la porte! » Et le chœur des jeunes femmes lui répondait : « Ici il n'y a pas de pooorte. De pooorte, il n'y en a pas ici! » La vie souriait et grâce aux moyens électroniques, nous le faisions savoir à quelques-uns.

Nous ne connaissions pas notre audience. Quelquefois un coup de téléphone, une carte postale, une lettre de reproche nous faisaient sentir que nous n'étions pas seuls dans notre pyramide.

Aujourd'hui, les ordinateurs indiquent combien de spectateurs sont peut-être satisfaits. Au début, de temps en temps, un inconnu dans la ruc nous disait : « Merci! » Quelquefois, il ajoutait : « Encore! » Nous sentions que nous allions pouvoir abriter beaucoup de monde.

C'est alors que j'ai décidé, sans le dire à quiconque, que là serait le lieu de mon travail qui m'obligerait à être à jamais au service du spectateur. J'espère n'avoir jamais trahi la mission que je me suis donnée et qui passerait – je ne le savais pas – par tous les postes de la télévision. du plus humble à la direction.

Exécution capitale

A neuf heures du matin à la radio, le lundi 15 octobre 1945, j'avais ma pipe au bec. Il faisait beau. C'était un jour comme un autre.

– Ah, Sabbagh vous êtes là? Vite! Sautez dans la voiture, direction la prison de Fresnes.

Le rédacteur en chef, mauvais comédien, improvise mal :

– Pierre Laval a tenté de se suicider. Ils le retapent pour pouvoir le fusiller. Foncez, mais maniez-vous, bon Dieu, vous voulez vraiment réaliser le ratage de votre vie?

– Mais...

– Y a pas de mais! Vous avez toutes les autorisations. La police vous aidera. Le ministre de l'Information a téléphoné en disant, tenez-vous bien : « Je veux que ce soit Sabbagh qui fasse le reportage. »

Erreur, grosse erreur, il n'avait pas répété son texte. Il en faisait trop, beaucoup trop. Le ministre de l'Information n'avait pas téléphoné. Il ignorait évidemment qu'un radio-reporter s'appelait Sabbagh. Il avait probablement laissé entendre à mon patron qu'il fallait envoyer un zozo sans laissez-passer, ignoré des milieux judiciaires, inconnu de la police, qui allait se faire jeter, c'était évident. « Qu'est-ce que vous voulez, on a fait ce qu'on a pu! On a envoyé celui qu'on avait sous la main. »

Nous roulions comme des dingues vers la prison de Fresnes.

– Il me semble me souvenir que la loi précise qu'on ne peut pas exécuter un prisonnier dans une prison.

Le chauffeur-preneur de son ne me répond pas. Il s'applique à brûler les feux rouges, à enfiler les sens interdits. Par moments même, nous roulons sur les trottoirs. Il fallait absolument arriver avant « qu'ils n'aient fini de le retaper ». A moins que le cyanure n'ait eu raison de lui?

Ah, ils m'envoient me casser la gueule, eh bien, ils vont voir! Radio-reporter, j'ai le privilège de pouvoir informer les Français. Malgré tout et tous, je vais faire le maxi pour tenter d'apporter à l'antenne une exécution capitale. Ce métier n'est pas une promenade de santé. Jour après jour, je rends compte aux auditeurs, j'apprends, je m'écorche, je me fais insulter, ma sensibilité s'aplatit, ma bourse ne grossit pas, mais je vis, j'informe et j'arrive presque à satisfaire mon insatiable curiosité.

– Fais gaffe!

On a failli se payer un camion. Mon camarade grommelle quelque chose comme : C'est pas nous qu'il faut foutre en l'air, c'est lui. Et on repart. Il n'y a pas de police. Bizarre. Ils sont sûrement tous là-bas. Faisons le point. Ils ne fusillent pas dans la prison, mais alors où? Hors les murs et évidemment tout près. Intellectuellement satisfaisante, cette constatation ne débouche sur rien de concret.

On arrive! Oh, ça ne sent pas bon. Un bloc de photographes, journalistes, cameramen. S'ils sont là, c'est qu'ils sont pris dans un cul-de-sac. Aucun n'a pu échapper au service d'ordre. Mais ils n'ont pas pour autant perdu leur verve :

– Alors, Pierre, comme d'habitude, la radio arrive après tout le monde?

– Quitte à prendre une grosse voiture, t'aurais pu prendre un corbillard. Aujourd'hui, on t'aurait moins remarqué!

– Ne charriez pas, les gars, laissez-le passer. Quand les flics lui auront tapé sur la gueule, il nous racontera.

Je descends. J'essaie de me donner une contenance, en racontant qu'on a crevé deux fois.

– Alors les gars, ici, on sait quelque chose? Il y a un téléphone pas loin? A propos, il est vivant ou mort?

Je déclenche une franche rigolade. Je remonte dans la voiture, et dis au chauffeur :

– Regarde, là-bas, sur la route à droite, la grande porte gardée par des gendarmes mobiles. Tu y vas, au culot. Je brandis un papier, et on passe. Mais je t'en prie, oublie que tu as un frein.

– Les copains m'avaient bien dit que tu étais dingue, mais à ce point...

L'entrée est en face. Il accélère. Je saisis une enveloppe que j'avais dans ma poche, en hurlant : « Laissez passer! » Effectivement, ils laissent passer. Nous faisons quinze mètres dans l'allée. « Tac tac tac tac tac. » Une arme automatique derrière un buisson. Confus, nous repartons en marche arrière. Les gardes mobiles ont l'air mauvais. Il faut s'expliquer :

– Mais non, je n'ai pas voulu faire du forcing. Regardez la voiture : voiture officielle, Radiodiffusion nationale, mission officielle, je suis envoyé par le ministre de l'Information, personnellement.

Le flic ne s'amuse pas.

– Et moi, je suis envoyé personnellement pour vous dire NON. Allez, dégagez, et rapidement, et souvenez-vous que je ne répète jamais.

Cette fois, mes copains se marrent en nous voyant revenir. Je serre le tuyau de ma pipe entre mes dents :

– Attends-moi, on n'a pas encore perdu!

Je pars à pied, pour tenter de faire le tour du mur d'enceinte. On ne fusille pas dans une prison. On ne fusille pas dans une prison. On ne fusille pas dans une prison... Mais alors où? Il a l'air bougrement long ce mur. Oh là-bas! Une poterne protégée par un pli de terrain. Devant la poterne, il y a une sorte de petite place. Tout est silencieux, fermé, apparemment pas gardé. C'est sûrement là. Il le faut.

En courant, je retourne vers la voiture. Je tire sur ma pipe, comme celui qui veut se donner une contenance devant le troisième échec de la matinée. Je remonte dans la voiture, et je dis assez fort au chauffeur :

– Allez viens, on rentre, il n'y a rien à faire ici. On perd son temps!

A mi-voix, je murmure :

– Passe derrière eux. Suis la route, et environ à cinq cents mètres, tu tournes à gauche. Tu rentres au maxi sous les arbres, et tu me prépares un touret de câble de trois cents mètres.

La voiture est presque masquée par la verdure. Je tire le câble droit vers la poterne. C'est trop beau, on ne me laissera pas approcher.

Tant pis. Je mets mon micro autour du cou, et tirant le câble, je monte dans un arbre. Une bonne branche. Je m'installe pour attendre. Attendre quoi? Qu'on fusille un homme? Je n'ai jamais vu un homme froidement supprimé par d'autres hommes. Est-ce comme à la guerre? Non, ici il y a un seul homme, douze fusils, et une seule volonté, celle de la justice. Installé comme je suis, je vais tout voir, je vais pouvoir tout décrire. Trouverais-je les mots? Ne serais-je pas choqué au point de ne rien pouvoir dire?

La voix tendre et délicate d'un garde mobile éclate, là-dessous, en bas :

– Alors, on est bien là-haut? En bas et vite! sinon on a des moyens pour te faire dégringoler.

Les moyens, je connais. Je fais le maladroit, l'empêtré, je coince mon micro dans la fourche de l'arbre, en chuchotant à mon camarade à l'écoute.

– Je suis obligé de descendre, mais maintenant enregistre, enregistre sans arrêt.

Puis, je descends, comme si j'avais volé des confitures dans l'armoire familiale. Je fais semblant de m'en aller. Me voilà maintenant à quatre pattes sous un buisson car j'avais repéré là-bas, derrière les cultures maraîchères, une cahute faite de planches disjointes, qui servait sans doute à ranger pelles, pioches, râteaux et binettes. Me faisant le plus plat possible, je rampe vers ce lieu d'où je pourrais peut-être être témoin... si toutefois j'ai choisi la bonne poterne.

Je rampe dans la salade pour voir fusiller un homme. C'est horrible et ridicule. Je suis là pour que le grand public sache qu'on a fusillé Pierre Laval. Si on souhaite que je le dise, on fait en même temps et officiellement tout pour m'empêcher d'être témoin de cette action. Cela n'a pas de sens. J'approche de la cabane. Le verrou rouillé est cassé. Il pend après un piton. Je tire la porte. A l'intérieur, un photographe de presse sursaute.

– Tu m'as fichu un coup! J'ai cru que c'était un flic. Je pense qu'on a eu une bonne idée toi et moi. Ça doit se passer là-bas. Regarde.

Avec un outil aratoire trouvé là, il avait agrandi l'espace entre deux planches pour y introduire son objectif. On ne s'était pas trompés. Ça s'est passé très vite. Quatre hommes se sont approchés. Sur la butte, ils ont planté un poteau. La poterne s'est ouverte. Des hommes en armes ont pris place, face à la butte. En reculant une camionnette noire est apparue.

Un homme à cravate blanche en est descendu. Pierre Laval, vraiment lui, le gilet blanc barré de tricolore. De chaque côté de la camionnette sont arrivés des civils : avocats, procureur, directeur de la prison, et d'autres.

De la prison, on entendait des hurlements de chiens à la chaîne : les prisonniers, prévenus par le langage secret des prisons, criaient : « A bas la République! Vive Laval! C'est honteux! Vous êtes tous des salauds! »

Puis Laval se rendit seul devant le poteau. Il refusa le bandeau.

– En joue!

– Feu!

Les cris de la prison ont cessé. Alentour, le silence est devenu palpable. Je n'ai même plus entendu l'obturateur de mon camarade photographe. Qu'il était long, qu'il était lourd, ce silence. Puis, a claqué le coup de grâce. De la prison par-delà les arbres, de partout, a retenti alors une *Marseillaise* musclée, qui n'avait pas la même signification pour tout le monde. J'entendis ma voix : « 12 heures 39, Pierre Laval a expié. »

Aurais-je dû dire cela? En avais-je le droit? Je ne l'avais pas calculé, écrit, réfléchi. Ces mots avaient jailli de ma gorge, dans l'émotion et le désarroi. Pour la première fois, je venais de voir passer la justice des hommes.

A la sortie de la cahute, nous nous sommes fait accrocher

par la police. On nous a fouillés. Je n'avais rien. On ne pouvait pas m'arracher ce que j'avais vu, ce que j'avais subi. On a ouvert l'appareil du photographe et on a exposé sa pellicule au soleil. Pour la première fois je comprenais ce que signifiait « liberté de la presse ».

Grâce au micro que j'avais laissé dans l'arbre, j'ai pu faire un montage. Le reportage est passé sans annonce, clandestinement, vers 23 heures 30 le même jour. Seule, la presse anglaise s'en est fait l'écho, en publiant en français mon commentaire : « 12 heures 39, Pierre Laval a expié. »

Et si c'était vrai?

Des téléspectateurs m'ont souvent demandé : « D'où venez-vous? Vous êtes différent des autres. Vous ressemblez à un Oriental et vous vous dites breton. Vous affirmez être ignorant, et ratissez la connaissance. »

Selon l'histoire ou la légende familiale, les germes dont je serais issu auraient été détectés à la fin du XIIe siècle en Bourgogne, avec le chevalier de Sassy, qui se trouvait vraisemblablement au service du duc de Bourgogne, Hugues III.

En 1239, eut lieu une expédition en Terre sainte, menée par le roi de Navarre, accompagné par Richard de Cornouailles et le duc de Bourgogne entouré de ses chevaliers dont l'un s'appelait Sassy, mon ancêtre, paraît-il. Cette expédition fut un désastre. L'armée du royaume latin fut écrasée en 1244 par les infidèles, et le duc de Bourgogne trouva la mort au cours d'un carnage. Le sire de Sassy parvint à s'échapper. A la suite de ce massacre, le concile de Lyon décida la constitution de la Septième Croisade dont Saint Louis prit la tête.

Sassy, raisonnable puisqu'il était vaincu, intelligent et beau, décida d'oublier la France, et s'installa en Orient. Il s'aperçut, dit-on, que ce qu'on appelait « savon » localement n'était qu'un bloc de suint. Charmé par les parfums et les colorants du Levant, alors ignorés en Europe, il inventa le savon tel que nous le connaissons. Il créa ensuite une entreprise qui fabriquait des savons parfumés et colorés. Il eut un tel succès que ses nombreux clients lui donnèrent le sobriquet de Sassy el-Sabbagh, c'est-à-dire « Sassy le teinturier parfumeur ».

Il semble qu'il ait fait fortune et que nous en descendions. C'est ainsi qu'après des générations, un Sabbagh se trouva à la tête de la *Bank of Egypt*, tandis qu'un de ses frères alla fonder une banque Sabbagh à Beyrouth en 1910.

Mon grand-père qui gérait la Banque des Rois d'Égypte, avait décidé que son fils aîné Georges Sabbagh mon père prendrait sa succession. Celui-ci rêvait de musique et surtout de peinture. Il jeta son tarbouch par-dessus les Pyramides, et vint en France avec l'intention de se consacrer à la peinture, en se brouillant avec sa famille qui lui coupa les vivres.

Mon père préférait le frémissement d'une couleur, la construction d'une toile, l'émotion d'une lumière, à des chiffres et des pourcentages. Il vécut mal, épousa la fille d'un Lorrain et d'une Anglaise et tomba amoureux de la Bretagne. Je suis né à Ploumanac'h.

Mes parents nous ont légué à mon frère, l'amiral, et à moi, le baladin, quelques principes que nous suivons de la même façon. Nous savons que les véritables valeurs ne se rangent pas dans un coffre : elles sont impalpables. Il faut sans cesse se remettre en question, jeter sur soi un regard sans complaisance. Le peu que nous avons pu recevoir nous est prêté pour un court laps de temps. Il faut le restituer aux autres après l'avoir magnifié. La vraie richesse est intérieure. Lorsqu'on est prêt à partager, il n'existe aucun risque.

Mon père

J'étais fier d'être le fils de cet homme, fier de lui donner la main en public, affirmant ainsi que pour lui je comptais. Il avait fait mon portrait. Il avait peint plusieurs toiles dont j'étais le sujet. J'étais le fils de l'homme qui pouvait fixer l'image, fixer les pensées belles ou laides. J'étais le fils de l'homme qui pouvait arrêter le dé de la vie sur la face qu'il avait choisie. J'étais le fils de l'homme qui avec une grande palette, des pinceaux, des tubes de couleurs et de l'huile pouvait sonder les âmes et les cœurs, puis les présenter à tous grâce à sa propre vision.. J'étais fils de peintre.

Pour sa peinture, nous vivions un peu à Paris et beaucoup (tout au moins au début de mon existence) à Ploumanac'h. Ploumanac'h est un petit port de pêche non loin de Lannion sur la côte entre Perros-Guirec et Trégastel. Sur le guide touristique, on l'appelle « la côte de granit rose ». Il y a le granit, mais surtout la mer, ses marins, le port et son environnement.

Très vite, je m'y suis senti chez moi. J'employais le breton, pour jurer comme un bosco. J'étais tellement intégré que je n'avais de Parisien que l'étiquette. Je vivais comme les jeunes Bretons, mais en faisant plus de bêtises qu'eux. Patauger dans la vase, quel ravissement! Aller à marée basse, grâce à ma petite taille, chercher des moules énormes dans les vannes du Moulin Rouge, était, en raison du risque (réel), l'une de mes bravades préférées.

Mon père était sévère, mais j'étais si fragile que je recevais un traitement de faveur. D'autant que l'aîné était si travailleur et si sérieux. Quand mon père était à portée de voix, j'évitais de monter aux créneaux pour faire le guignol. Un jour où j'avais commis une sottise plus grosse que d'habitude, Maman m'ordonna :

– Monte voir ton père dans son atelier, et raconte-lui, si tu en as le courage, ce que tu viens de faire.

– Papa, Maman m'a dit qu'il fallait que je vienne te raconter la bêtise que...

Mon père était en train de peindre un homard sur un lit de goémons noirs et brillants.

– Mets-toi dans un coin et tais-toi, si tu le peux pendant au moins deux minutes. J'ai trouvé quelque chose que je ne veux pas laisser échapper...

Un silence lourd s'installa. Je suivais le jeu du pinceau qui caressait les couleurs écrasées sur la palette. Je soupesais mentalement le homard, et je décidai, comme un vieux pêcheur, qu'il provenait d'un casier posé derrière Costaeres. Le goémon, avait été ramassé partout. La tempête de la veille l'avait arraché quelque part sur la côte.

Je m'approchai de la fenêtre, et vis mon frère qui armait le bateau. Il allait partir avec la marée descendante, et moi, j'étais pris comme un maquereau à la ligne de crins, figé face au chevalet. Si l'inspiration de papa durait, je resterais à terre. Jean ne m'attendrait pas. Enfin, mon père leva les yeux de sa toile et me découvrit, tendu, enfermé dans ma faute. Il vit l'enfant qui ne jouait pas, qui ne posait pas, mais qui, nu-pieds dans son costume de toile rouge, regardait la mer avec envie.

– Ne bouge pas, ne bouge pas... Il plaça un châssis neuf sur son chevalet. Si tu poses gentiment, je te pardonnerai sans te demander ce que tu as fait. Tu t'arrangeras avec Maman.

Le pire, c'était le pire! L'expérience m'avait appris que je pouvais poser cinq heures, ou quinze jours... Je me braquais, dur, silencieux, contre ce que je pensais être la plus grande injustice du monde. Je sentais mon père joyeux et actif. Sans doute sensible à ce qui se passait à l'intérieur de ce petit bout d'homme révolté, il me libéra en moins d'une heure. Mon frère était parti. Ce jour-là, je n'ai pas été en mer. Punition suprême!

La toile fut achevée sans moi, ou presque. Ce fut une des meilleures de l'œuvre de mon père. Où se trouve maintenant la représentation de ma colère de gosse?

La morale de cette anecdote pourrait être que les choses qui suivent leur cours naturel aboutissent. Mon frère, meilleur marin que moi, partit en mer sans moi ce jour-là, et tous les jours suivants, au point que la marine française en fit un amiral. Tandis que les nuages et les vents firent de moi un curieux histrion, rêveur, dynamique et apparemment souriant.

Mes « universités »

Ma santé a toujours été discutable. J'ai un corps couvert de multiples cicatrices, et de coutures artistiques. Mes capacités pulmonaires, cardiaques, musculaires, hépatiques sont capricieuses, en général très au-dessous de la moyenne. Cette carcasse si peu apte au service a été, de surcroît, cassée par quelques chocs ou accidents, car, stupide et inconscient, j'ai toujours méprisé l'enveloppe, en affirmant que le risque existait pour être vécu. Il y a longtemps que j'ai dit : « De toute façon, je suis gagnant, car étant donné la qualité du tissu, je vole des années au tisserand! »

De trois à quatorze ans, j'ai mal vécu, avec un important handicap. J'étais atteint d'asthme chronique, paraît-il, d'origine hépatique. Les crises me transformaient en grabataire. Seules des fumigations repétées de « poudre Legras » m'autorisaient à respirer tant bien que mal. En dehors de ces périodes de paroxysme, irrégulières en fréquence et en durée, je vivais bien ou moins bien, en général avec le sourire. J'avais vite compris que le fatalisme n'était pas une fin en soi. Inutile de se battre contre des moulins à vent.

Dans la tête de l'enfant que j'étais, c'était flou. Plutôt optimiste de nature, j'essayais d'attraper au vol les bons moments. Mon souvenir se présente sous forme d'une sinusoïdale tracée par un ivrogne, avec des courbes basses plus importantes que les sommets au-dessus de la norme. Je courais peu et mal. J'hésitais à nager car le souffle me manquait. J'étais différent des autres gosses et le sentais. Étant « moins », je tentais d'être « plus » grâce à la « gamberge ». La tête travaillait en permanence, aidée par les oreilles et par les yeux. J'inventais des bêtises impensables qui étonnaient mes parents : « Mais où vas-tu chercher tout cela? »

J'ai appris le silence et sa force, la solitude qui permet de se rapprocher de soi. J'ai appris à regarder la surface, mais surtout ce qui se trouve au-delà des apparences.

Durant les moments de répit que me laissait la maladie, je donnais l'impression de vivre comme un autre enfant, vie qui passait par des périodes de mutisme, opposées à des cascades de verbes soutenues par le rêve, l'évasion, la provocation ou l'admiration de ce que je me sentais incapable de faire.

Il ne me serait jamais venu à l'idée de réclamer ou de gémir. Au cours des moments les plus durs, j'ai découvert qu'il n'était pas obligatoire de manier les mêmes armes que l'adversaire pour vaincre.

Mes études, que je devrais plutôt appeler « le temps passé à l'école », se présentaient en forme de dents de scie. Comme les méthodes employées ne collaient pas avec ce que j'espérais, j'étais le pire des élèves alternatifs. Peu chahuteur, quand je faisais un effort pour suivre, j'inventais des formes de contestation inédites qui me ravissaient d'autant plus que je ne les appliquais pas.

J'étais, comme les autres, supposé avoir appris pour la classe d'anglais le terrible sonnet *Dancing Daffodils.* La classe débuta ce jour-là par : « Sabaggh, au tableau! » C'était prévu. Avec la mine du chat qui a mangé le canari, je pris une pose avant de faire entendre un charabia impensable. Brutalement interrompu par le professeur, je lui dis avec un sourire :

– Pour vous, Monsieur, l'anglais est une langue vivante. Pour moi, c'est une langue morte. Je n'en possède par les rudiments. Afin de vous faire plaisir et vous prouver ma bonne volonté, comme ce texte n'a pas de sens à l'endroit je l'ai appris à l'envers par cœur, vers par vers, syllabe par syllabe. C'est un travail phénoménal. Vous n'avez qu'à essayer!

Le professeur m'envoya immédiatement en retenue. Puis, il

convoqua mes parents. Ma mère vint. L'entrevue fut brève.

– Madame, excusez-moi, votre fils est-il un débile mental léger ou est-ce qu'il se fout de moi?

Ma mère, souriant avec courage, lui avoua que seule la seconde solution était envisageable. Cela me valut de passer pour la quatrième fois en conseil de discipline. Le règlement de l'établissement prévoyait qu'après trois conseils de discipline infligés au même élève celui-ci était exclu sans appel. Mais, comme me disaient mes camarades, « j'avais du pot », car le proviseur venant de mourir, son successeur avait amnistié toute punition ou sanction.

Les élèves de ma classe, ou de mes classes (j'en ai fait une trois fois), me prenaient pour un rêveur, un fou-fou peu dangereux, une anomalie de la nature. Cela me laissait indifférent, car je vivais dans ma bulle.

Ma pauvre mère dotée d'un enfant, non seulement malade mais imprévisible, avait réussi, grâce à une patience d'ange, à m'apprendre à lire et à écrire. Comme j'aimais ces moments près d'elle, je faisais semblant de ne pas comprendre afin de la garder plus longtemps pour moi seul. Mon père a peint l'une de ces cérémonies. A vrai dire, la toile n'est pas à deux mais à trois personnages. Mon frère, le très bon élève, fait un devoir, tandis que ma mère tente encore et toujours d'apprendre à lire au petit, le cancre. C'est une toile admirable que j'ai rachetée dans une vente publique.

Lors de mes grosses crises d'asthme, à durée variable, mais qui pouvaient durer dix jours ou plus, mes parents me donnaient des satisfactions de vanité en me laissant coucher pendant la journée dans leur lit, le lit des parents! le lit du pouvoir, le lit du savoir, le centre de la maison. J'étais le roi.

Installé sur force coussins pour maintenir mon buste à 45 degrés, tandis qu'un cône pharmaceutique brûlait sur la table de nuit, j'inhalais la fumée que je feignais de trouver agréable, puisqu'elle devait m'apporter le soulagement, j'étais l'empereur qui en avait assez de *Bécassine* et de *Zic et Puce* pendant les trop longues heures où il était seul. Je décidai alors de lire les livres qui se trouvaient dans la bibliothèque de la chambre des parents. Elle contenait une trentaine d'ouvrages, et en fait de Dumas qui aurait pu me convenir, je ne trouvais que *Madame Bovary, Les Misérables, Lucien Leuwen* que je dévorais avec joie.

De neuf à quatorze ans, j'ai pris contact avec les écrivains et les poètes de l'époque. Mes parents achetaient les ouvrages qui sortaient en librairie. Au-dessus du lit, il y avait Mauriac, Colette, Giono, Radiguet, Rimbaud, Alain-Fournier, Francis Carco, Gide, Jules Romains, Paul Valéry, les sœurs Brontë...

Je ne comprenais pas tout. Certaines formes littéraires m'échappaient, et ne connaissant de la vie que ce que je voyais autour de moi, je n'étais ni choqué ni séduit par certains sentiments. Parmi mes auteurs préférés, en tête, et de très loin, je plaçais Raymond Radiguet. Mes parents n'avaient pas *Le Diable au corps.* En revanche, j'ai dû lire au moins trois fois *Le Bal du comte d'Orgel.*

En deuxième position, je mettais *Le Baladin du monde occidental* de Synge, sans doute en raison de la truculence, des bagarres, des plaisanteries, mais aussi des symboles que je devais percevoir. En troisième position, j'avais choisi *Le Grand Meaulnes,* ce qui m'apparaît à présent logique! Qu'en était-il pour un enfant alité? Il me semble que j'ai toujours été une très bonne éponge qui absorbait sans difficulté les liquides, et qui s'en gavait pour les rejeter à travers des filtres qui avaient la propriété de restituer des produits très différents dans l'aspect, la fluidité, le contenu et l'usage. C'est ainsi que j'ai absorbé en vrac, sans choix ni volonté, mais seulement au bon vouloir de ma main *Regain, Thérèse Desqueyroux, Les Copains, Si le grain ne meurt, Le Bateau ivre, Le Blé en herbe, Jane Eyre, Jésus La Caille, Donogoo, Le Baiser au lépreux, Les Faux Monnayeurs, Un de Baumugne,* et bien d'autres tel l'*Émile* qui se présentait en trois tout petits volumes recouverts et joliment décorés par ma mère.

Ces auteurs qui devinrent malgré eux, malgré moi, mes « universités », me protégeaient des cours de math, d'histoire, de latin, d'anglais, tellement ennuyeux et si peu porteurs de graines prometteuses.

Ce fut l'humus que j'enfermais dans ma cave personnelle au

début de 1933, date à laquelle un médecin me guérit de l'asthme.

Quelle liberté! Quelle explosion de joie. Fini le lit des parents, finie la lecture! Intérieurement, je devais avoir la maturité d'un gaillard de dix-huit ou vingt ans, et tout d'un coup j'affichais six ans. Je me saoulais d'enfance après avoir lu des livres d'adultes. Folie de la course dans les bois et des rires à propos de tout et surtout à propos de rien. Joie de monter aux arbres et de courir après un ballon. Vive le soleil et les papillons! Formidable étonnement de ne plus être soi-même, mais un autre – comme les autres. Finis les rêves face au plafond, disparus les rendez-vous avec soi-même, terminés les contacts avec les auteurs qui, par fiction et réalité, m'avaient ouvert des portes vers de multiples directions.

Cette expérience m'a permis d'affronter avec le sourire les épreuves que la vie m'avait préparées. Tout cela, je le dois à mes « universités », impensable engrais qui a permis, à l'intérieur d'une enveloppe fragile, de faire pousser une plante curieuse.

Correspondant de guerre

Ma soif de communication audiovisuelle est née à la suite d'un besoin que je pourrais appeler « animal ». J'ai été apprenti comédien, dessinateur publicitaire, décorateur de théâtre, vendeur, dessinateur de dessins animés, cameraman, photographe, scénariste ce qui m'a conduit à la communication.

J'ai débuté à la radio comme correspondant de guerre. Je le dois à Alex Virot. Pourquoi? Il m'avait tourné et retourné en tout sens. Il m'avait testé, provoqué, humilié. Peut-être parce qu'à ses moments perdus il était peintre, quelque chose entre nous est passé, le début de l'amitié. J'ai accepté sa proposition. Il était assez effrayant d'être désigné pour être l'un des chantres d'une tuerie nécessaire à la survie de millions d'êtres.

Je ne souhaitais pas être correspondant de guerre. Mais je voulais retrouver ma mère, femme admirable, d'un caractère, d'une volonté, d'une droiture, d'une pureté absolus. Je voulais la retrouver par besoin viscéral, parce que c'était ma mère.

Dès 1940, elle avait fait partie d'un des premiers, sans doute du premier réseau de résistance, avec Jean Cassou, Claude Aveline, Vilde, Lewitzky. Puis, se succédèrent la dénonciation, la prison du Cherche-Midi, Fresnes, le procès du musée de l'Homme. Pour certains, la mort. Pour elle, peut-être parce qu'elle était une femme, la déportation.

Il y avait de cela presque quatre ans. Il me fallait absolument la retrouver vivante. Le nazisme allait être abattu. Pour la découvrir, la sauver, il me fallait être dans les premiers. J'avais vite compris que seuls les correspondants de guerre pouvaient circuler librement.

Ma recherche était folle. Je le savais. Elle était d'autant plus insensée que je n'avais aucune information. Où chercher? En 1944, les armées alliées étaient loin d'être en Allemagne. Correspondant de guerre, je suis entré dans cette guerre absurde. Formidable spectacle de mort, à la dimension de la volonté destructrice de celui qui avait voulu les camps de concentration, les camps de la mort, les camps d'extermination, animés par la race des seigneurs aryens. Une guerre formidable leur avait répondu, une guerre faite avec hargne, par des gens qui n'en avaient absolument pas envie, mais qui créaient la mort pour que le mot « liberté » reprenne un sens, et que le mot « demain » se charge, pour des millions d'êtres au monde, d'une signification.

Désarmé, j'ai suivi les combattants. Un jour que le soleil brillait, que les oiseaux chantaient, j'avançais avec un commando dans un bois, chaque jour pris et repris par les adversaires. Une rafale me mit, mon micro et moi, à genoux. Là, derrière un buisson, je vis une botte allemande, immobile. Il me guettait. Encouragé par le mouvement du commando, j'avançais doucement en m'appuyant sur les coudes. Une seconde botte. L'homme était mort. La main droite crispée sur son casque laissait voir une alliance qui riait au soleil. Sa vareuse était déboutonnée. Un misérable portefeuille reposait sur la décoration qu'il avait mérité dans son camp. Sur ce portefeuille, se trouvaient, éparses, des photos d'une femme et d'enfants blonds et tristes.

Un autre jour, nous étions en Alsace, dans la neige, par un froid sec. Un bois nous barrait l'horizon. Derrière, se trouvaient les Allemands. La censure à laquelle nous étions soumis nous empêchait de le dire. Alors, j'interviewais un sergent sur la routine. Nous étions deux hommes debout dans la neige. L'un est tombé, victime d'une balle allemande. Je suis resté debout, figé comme une statue de sel. On me criait : « Planque-toi. » Brutalement, un soldat m'a plaqué au sol, et tandis que je tombais, j'ai entendu siffler une balle. La balle que l'on entend est celle qui vous a manqué.

Je restais là, prostré dans la neige. Pourquoi avait-on d'abord tiré sur lui? Pourquoi? C'était ça la vie? C'était ça la mort?

J'étais un bien mauvais correspondant de guerre. Toutefois, j'avais appris que si je voulais faire passer quelque chose a l'antenne, il fallait prendre tous les risques des combattants, sinon mon micro n'obtiendrait que les brouillards légers d'une vérité, qui n'était pas héroïque mais quotidienne.

C'est pourquoi, en Allemagne cette fois, m'appliquant à copier le reporter cameraman qui avançait derrière un char, protégé par la tourelle et partiellement par les chenilles, j'avançais. J'avançais avec mon micro. A nous deux, nous étions complets.

Les chars entraient dans la ville, largement bombardée par l'aviation, transpercée par l'artillerie. Sur ce qui restait de toits, des tireurs embusqués nous visaient.

Soudain, le char derrière lequel je marchais (et que je n'avais pas regardé) cracha l'enfer. Les deux premiers chars étaient des lance-flammes. Les autres nous suivaient pour parachever la destruction. Parmi cette odeur insoutenable, dans ce fracas infernal, je voyais, comble de l'horreur, des hommes léchés par les langues de flammes tomber, sans vie.

Je marchais derrière mon blindé. J'étais ailleurs, tétanisé par ce qui se passait. Mon char s'arrêta. La ville avait vécu. La cité était devenue une ville-tombeau. L'objectif était atteint. Je dis à mon camarade cameraman :

– Il faut que je foute le camp. Je n'en peux plus. J'ai besoin de mc retrouver. Je vais sortir de la ville. Je veux voir un arbre, un arbre entier, un buisson. Je veux voir la vie!

– T'es dingue, mais t'es dingue! Fais pas le con, tu vas te faire allumer. Ils sont partout, là-bas, derrière!

Je m'en foutais. Je suis parti vers ce que j'imaginais être la banlieue. Marchant plus loin encore pour fuir l'odeur, j'ai découvert une petite maison, complètement démolie. Par jeu, par besoin, j'ai écarté les gravats pour essayer de deviner dans les restes ce qu'avaient été les hommes, les femmes, les enfants qui y avaient vécu. Je trouvai un morceau de carrelage. C'était là, la cuisine. Peut-être la cuisine de la maison du bonheur. Plus loin, un pan de bois de lit indiquait la chambre. A côté, il y avait un ours en peluche. J'étais dans la chambre de l'enfant. Je cherchais dans les débris. Quoi?

La réponse fut terrible, merveilleuse. Je venais, avec ma botte, de pousser un moellon lorsqu'une musique irréelle jaillit de cet amas de mort. La vie revenait. Je fouillai pour dégager cette voix extraordinaire de légèreté et de pureté. Je découvris une boîte à musique rouge, sur le couvercle de laquelle était peint un lac, symbole de paix, sur lequel deux amoureux canotaient. Elle portait une capeline. Il avait l'air idiot. De ma botte maladroite, j'avais déclenché le mécanismc.

J'en ai fait un reportage qui se terminait, je m'en souviens par : « Je vous dédie cet enregistrement de la chanson de l'enfant du pays allemand. » Ce reportage n'est jamais passé. La censure!

J'avais appris à la connaître. J'avais inventé (pour parler de la guerre, sans en parler, tout en en parlant) d'envoyer chaque jour une lettre à ma mère. Non hélas, pas à la mienne, la lettre d'un Français combattant à sa mère. Aux mères, les mères qui ne recevaient pas, qui ne recevraient plus jamais de lettre.

Derrière les Américains, les Anglais, les Français, les Canadiens, les Polonais, j'avançais en Allemagne. Ce que j'ai vu, j'ai tenté de l'oublier. Ce que j'ai vécu, je préfère le nier. Revenu à Paris, abruti, fatigué, doutant de l'homme et de sa destinée, je rentrai chez moi, c'est-à-dire dans l'appartement de ma mère. J'ouvris la porte. Elle était là, entourée d'êtres hirsutes et transparents : déportés, comme elle. Ils avaient été délivrés par les Américains. Elle était vivante. Le soleil était dans la maison. J'avais retrouvé la vie.

Hélas, les horreurs que ma mère avait subies avait provoqué en elle de telles destructions physiologiques que beaucoup trop tôt elle nous quitta.

Je suis un saltimbanque

A la question : qui suis-je? la réponse que je me donne est simple : « Tu es un saltimbanque », de l'italien *saltimbanco*, « qui saute sur le tremplin », avec pour synonyme « bateleur » : « qui fait des exercices d'acrobatie et d'adresse sur la place publique ». Oui, je suis un saltimbanque, et fier de l'être.

Mon tremplin s'appelle caméra, et mon acrobatie consiste à retomber sur mes pieds, serait-ce sur un fil invisible. Il me faut par invention créer du neuf avec du vieux, en faisant croire que tout est facile et que chacun peut en faire autant. Je suis, grâce aux émetteurs, sur la place publique. Je possède la plus grande enceinte qui se puisse trouver, puisqu'elle contient la société française, avec dix-sept millions de postes de télévision que regardent trois personnes, en moyenne. Quel est le langage approprié à ce saltimbanque électronique? Par communication à la télévision, on s'adresse à X millions de fois à un seul spectateur, différent de ses voisins, de tous les autres. Pourtant, il s'agit du même.

Un homme, une femme, travailleurs ou oisifs, jeunes ou vieux, sont soumis au pouvoir des marchands d'illusions, des syndicats, des impôts, des partis politiques, des graines de phantasmes plantées en chacun, de la presse, de la radio, de la télévision qu'ils subissent comme un malade qu'on irradie. Ils dépendent du gouvernement qu'ils ont peut-être élu par ricochet, des Parlements qu'ils pensent avoir assis dans leurs fauteuils. Ils sont ligotés par la paperasserie, les textes, les règlements, calendriers, formulaires contradictoires ou ineptes. Ils dépendent des autoroutes, de l'école ou des écoles, de la monnaie et des emprunts, de l'armée et des armées, de la police et des polices, et du maire, élu à cause d'eux ou malgré eux. L'homme de demain semble vouloir abandonner ses libertés, car il dépend de sa voiture, des médicaments qu'il avale comme des bonbons, de son transistor, du prix de l'énergie, de croyances moyenâgeuses restaurées.

Je ne suis qu'un saltimbanque, un homme qui, lorsqu'il n'est pas sur son estrade, tente d'être lucide. Si l'être profond ne disparaît pas, lorsqu'il danse sur ses tréteaux, il affiche l'attitude du bon médecin. Le saltimbanque, souvent triste et silencieux, se trompe souvent, mais il a son métier, sa mission, sa passion. C'est un homme de communication. Son métier lui a appris qu'il était peut-être capable de convaincre ou de séduire une foule, mais qu'en aucun cas il ne pourrait la violer. Son expérience lui a montré que rien ne sert d'exiger des spectateurs de prendre un chemin malaisé. On joue faux, si l'on sait que l'effort suggéré conduit au fiasco.

Puisqu'on s'adresse au plus grand nombre, il faut, au départ, prendre la direction que chacun espère. Règles informulées de la communication, appuyée sur les défauts d'êtres imparfaits qui rêvent de tendre la main. S'agit-il d'un métier ou d'un passe-temps? Répond-on au besoin d'aller au-devant des autres en satisfaisant sa propre curiosité? En ce qui me concerne, je fais de la télévision de façon viscérale. Être informé pour mieux informer est ma loi. Qu'offrir aux téléspectateurs, que donner à ceux qui attendent?

Contrairement au langage politique, l'intérêt général se compose de la somme des intérêts particuliers. L'information politique, composée de verbe à 80 p. 100, a peu d'impact. Son message qui nie l'outil télévisuel, conduit le téléspectateur à redevenir auditeur avec sa logique individuelle.

Si l'information télévisée se fait spectacle, son efficacité devient considérable. Tout se joue pour et par l'audience, à travers réactions et impressions, loin de la logique et de l'analyse. La réflexion suit, encadrée par les images et les sons qui imposent leur pression. Ces « mots » de l'audiovisuel forment des phrases contenant affirmation, rythme, surprise, doute. Le pinceau électronique communique à chaque spectateur l'émotion que l'homme de télévision veut transmettre.

Un honnête homme qui haïssait la violence et le fanatisme et n'appréciait que l'équilibre de la conscience et la maîtrise de soi, Michel de Montaigne, qui avait pour devise : « Que sais-je? » nous a légué une de ses certitudes : « La parole est moitié à celui qui parle, moitié à celui qui écoute. » En adaptant cette vérité à la télévision, on rapproche émetteur et récepteur au point de ne former qu'un tout.

Créant le *Journal télévisé* en 1949, j'ai affirmé qu'il devait être différent de la presse écrite et parlée pour devenir « le spectacle de la vie des hommes ce jour-là ». La hiérarchie des événements allait s'établir : en fonction de l'image. Un document brutal serait encadré par une réflexion en forme d'image. Le *Journal télévisé* deviendrait une scène du spectacle télévisé de chaque jour, sauf lorsque l'information à chaud permettrait le direct sur un événement.

Quelques principes se dégagent : la communication doit être originale. Il faut que le téléspectateur ait confiance en l'émetteur. Celui-ci se sert d'un langage destiné à être perçu par tous. L'émission se présente sous une forme attrayante constituée par une animation vivante. Si ces paramètres sont appliqués, ils servent à l'information.

La forme privilégiée de la communication est le spectacle, c'est-à-dire l'imprévu, l'émotion, le moment, le rire, le doute, les larmes, la folie, le fruit qui éclate. On ne peut en suivre la construction que si elle correspond à l'homme qui se trouve à ce moment précis, à cette seconde-là, devant le spectacle qui lui est proposé.

Trois objets

Pour moi, certains objets ont une vie que leur ont transmise les mains qui les ont créés. Est-ce la vie que nous leur prêtons et qu'ils nous rendent magnifiée, si nous sommes en harmonie avec eux, on avilie si nous les méprisons.

Un perroquet de céramique verte était l'un de mes interlocuteurs préférés. J'y tenais d'autant plus qu'il se trouve sur une nature morte de mon père que je possède. Mais hélas, une femme de ménage a brisé mon perroquet. Un de mes fils m'a fait le cadeau de recoller les mille morceaux de mon oiseau bavard.

En dehors des bibelots qui peuplent une vie, trois objets ont marqué mon enfance. Ils m'ont formé, à moins qu'ils ne m'aient déformé.

Au printemps 1927, nous habitions Paris. Ce jour-là, je traînais la savate rue de Rome où je fis la rencontre de mon premier « objet ».

Attiré par une vitrine au milieu de laquelle trônait la merveille des merveilles, un gros tube noir qui permettait à chacun de tout entendre de très loin.

Il y en avait plusieurs dans le magasin, de très beaux, qu'on enfermait dans une boîte en noyer vernis. Il y en avait aussi de plus simples. Je découvris cette grosse Self d'occasion, sans couvercle mais qui, lorsque j'en aurais astiqué les curseurs de cuivre, serait le plus beau poste à galène du monde.

Même d'occasion, était-il cher? Il y avait peu d'argent à la maison. Les paroles sonnantes et trébuchantes du marchand m'inquiétèrent.

Je fis part à mes parents de ma découverte. Puis, j'affirmais ma certitude de posséder, dès mon prochain neuvième anniversaire cet appareil, avant-coureur d'un monde où les hommes pourraient s'entendre et se parler partout.

Mon père rit. A l'énoncé du prix, il s'écria :

– Non, non! De toute façon, ça ne sert à rien.

Ma mère ajouta :

– Pierre, tu as trop d'imagination.

Elle n'avait pas dit non. Pouvais-je encore espérer?

– Mais papa, je n'ai pas dit que ça servait à quelque chose. J'en ai envie. Je suis sûr qu'à moi, ça me servira.

J'avais braqué mon père. Maman n'avait toujours rien dit.

Pour mon anniversaire, dans une grande boîte grise, triste, en carton, je reçus ce poste à galène d'occasion. Maman avait réussi à convaincre mon père pour qui le son traversant l'éther n'avait aucun sens, ni poétique, ni technique, ni pratique. Aux anges, je jouai avec le chercheur, les facettes de la galène, les curseurs, et avec le fil mille fois enroulé sur la grosse bobine magique. Je recevais la tour Eiffel. Des gens s'exprimaient. Leurs propos m'importaient peu. Ce qui était magique, c'est qu'ils parlaient. Ils étaient là-bas. Et moi d'un geste un peu habile sur la galène, je pouvais les faire entrer dans ma chambre. En plus, j'avais un casque, qui m'isolait du monde, qui m'enfermait dans une bulle également magique où l'onde m'appartenait. Je recevais paroles et musique. Oui, le paradis existait, mais s'il existait, il était pavé des moqueries de mon frère et des plaisanteries de mes parents.

J'avais posé mon trésor sur la tablette qui me servait de table de chevet. Or, une nuit où je dormais profondément, un bruit m'éveilla. La chambre était dans l'obscurité. J'entendis la respiration de mon frère venant de son lit, là-bas, près de la fenêtre. Je me tournais et découvris avec stupeur mes parents, assis sur deux tabourets, à côté de MON poste. Ils avaient dévissé le casque. Chacun tenait un écouteur. Ils écoutaient. J'avais eu raison. J'avais gagné.

Je fis semblant de ne pas les voir. Le lendemain, faisant la bête, je guettais l'aveu. Ma mère me dit que la nuit dernière ils avaient entendu une merveilleuse fugue de Bach à la tour Eiffel. J'avais raison, le monde allait être en permanence à la portée de chacun.

Le deuxième objet qui m'a déformé, et sans doute conduit vers le métier qui est le mien, était une affreuse boîte noire, aux coins écaillés, aux flancs rayés, triste comme un enterrement d'enfant. Je l'avais découvert dans le même magasin de la même rue de Rome, ma caverne d'Ali-Baba. Objet triste, et d'occasion (une nécessité), objet magique qui, grâce à la lumière, pouvait former l'image si toutefois l'image ne bougeait pas trop! C'était la boîte Kodak. La boîte Kodak qui, de son regard cyclopéen même pas protégé par un verre, vous regardait, vous volait votre image, vous volait votre ombre, qui, elle, ne vous quitte jamais.

Là encore résidait la magie. Un petit bout de fer noir, le déclencheur, enfermait cette vie. Ah, quel splendide onzième anniversaire! Mes parents savaient vraiment célébrer mon jour de naissance. La vie était captée, le mouvement fixé, le souvenir précisé. Le fugace pouvait être analysé, le verbe était dépassé ou complété. D'un seul doigt, je pouvais créer.

Le troisième objet était également noir et brillant comme la bobine du poste à galène et la boîte Kodak.

Mon père avait décidé qu'il était temps de nous raccorder à la ville et à la campagne, au monde artistique et au monde administratif. Il avait demandé aux P.T.T. un branchement téléphonique.

Un début d'après-midi, une importante ration de rêves me fut apportée. Un magicien (le préposé), installa au mur, à une hauteur prohibitive pour les enfants, un combiné téléphonique, sans cadran. (A cette époque, il n'y en avait pas.)

Il parla à quelqu'un, très amicalement, puis me fit un clin d'œil. Il avait raccroché. Alors, le téléphone sonna tout seul. Le magicien répondit et raccrocha en me disant :

– Ça y est, bonhomme, ça marche, maintenant tu peux établir la communication.

Il me laissa en contemplation devant ce miracle. Mon père

peignait dans son atelier, ma mère était sortie, mon frère, je m'en souciais peu.

J'allais dans la cuisine chercher un tabouret, et je décrochai le combiné et le portai à mon oreille, comme je l'avais vu faire au magicien. Il ne se passa rien. Brusquement, une voix féminine, à côté de moi, me dit gentiment : « Bonjour, quel numéro souhaitez-vous? » Ce fut la panique. Je bredouillai n'importe quoi, et raccrochai le plus vite possible. Je sautai de mon tabouret. Le téléphone sonna, appel autoritaire, répétitif. Je remontai sur mon perchoir, décrochai. La dame me dit : « Je n'ai pas compris. Quel numéro voulez-vous? » Je ne pus que murmurer : « Je ne sais pas » ce qui eut pour effet de déclencher à l'autre bout un rire cristallin.

Je remis le combiné sur son support, reportai le tabouret dans la cuisine. Je fis les comptes de ce nouveau miracle. On décrochait, et une dame charmante vous demandait ce que vous vouliez.

Quand quelqu'un voulait vous parler, même si on ne le souhaitait pas, même si on dormait, la sonnerie pouvait retentir. Inversement, on pouvait sonner chez n'importe qui, n'importe quand, même si on n'avait rien à dire! Je suis incapable d'expliquer comment ces trois objets sont devenus en moi un seul et même pouvoir, une seule et même exigence, un seul et même esclavage.

La galène, c'était le récepteur, l'appareil photo, l'image et son langage, et le téléphone, la transmission « basse fréquence ». A quel moment ces trois objets ont-ils fusionné dans mon esprit? Quand ai-je perçu leur complémentarité son et image, et leur vocation au profit du plus grand nombre? En silence, ces trois objets ont déterminé mon avenir.

« Encore vous, Sabbagh! »

Une formidable armada permit le 6 juin 1944 le débarquement de Normandie. Après des combats difficiles, vint la Libération de Paris le 25 août 1944. Alors, on vit, dépassant tout le monde d'une tête, le général de Gaulle. A cette époque dans Paris libéré, j'étais correspondant de guerre sur le front. Les combats continuaient. Plus tard, à l'automne, on m'envoya avec mon micro dans la carrière des Fusillés du Mont-Valérien, car le Général voulait se recueillir dans ce lieu où tant de résistants furent exécutés. Il pleuvait. C'était la première fois que je voyais le général de Gaulle. Il me parut d'autant plus grand, qu'il était mince. Ses pas saccadés sur ce lit de feuilles mortes me faisaient craindre la chute. Deux mots à l'un, trois mots à l'autre. Il semblait que cet endroit et les souvenirs qui l'habitaient n'avaient pas de prise sur l'homme. J'appris par la suite que c'était faux. Je n'étais pas en face de l'homme, mais bien du Général. J'aurais dû comprendre.

Il voulut pénétrer seul dans la petite chapelle où les résistants furent enfermés avant d'être conduits dans la carrière pour être exécutés.

Les murs de cette antichambre de la mort étaient constellés de graffiti : cris d'adieu, hurlements de vengeance, mots d'amour, murmures de tendresse confiés aux parois. Pour ceux qui refusaient tout, seulement un nom, une date.

Charles de Gaulle, l'homme, voulait être seul pour entendre par-delà les heures, les jours, les années, les derniers cris de ces combattants de l'intérieur qui étaient morts pour que la

France fût libre. J'ai dû faire un très mauvais reportage. La route professionnelle qu'il m'aurait fallu prendre était encombrée de sentiments et de pensées trop personnels. Mon côté « écorché » m'empêchait de trouver les mots. Je crois que mes silences, et sous la pluie, la sonnerie aux morts par un seul clairon, qui lui aussi souffrait, communiquaient aux auditeurs la douleur de cet instant mieux que ne l'auraient fait mes commentaires.

C'était la première fois que je voyais le Général. Ce ne devait pas être la dernière.

Plus tard, lorsque, comme on dit, il était « aux affaires », on m'avait chargé de m'attacher à ses pas. Où se tenait le général de Gaulle se trouvait le micro tendu par Pierre Sabbagh. J'étais toujours là, en tous lieux, et ce qui devait arriver arriva : je l'agaçai.

Ce qui déclencha un jour :

– Encore vous, Sabbagh! de sa voix la plus chantante.

Je traduisis ce reproche par : « Mon pauvre ami, que vous êtes encombrant et casse-pieds! Mais vous faites votre travail, alors exécutez-le en vous faisant oublier le plus possible! »

Quel homme extraordinaire! Pour lui, tout comptait, même ce bonhomme qui lui tendait un micro. Il se souvenait encore de moi lors de sa « traversée du désert ». Il voulut se rendre à l'île de Sein pour rencontrer ses premiers compagnons, ces pêcheurs bretons qui, dès l'Appel du 18 juin, avaient pris la mer pour le rejoindre.

Le général était à Brest, entouré d'une meute de journalistes. Il était à l'image de la mer, d'une humeur exécrable. C'était la tempête. Pas question d'aller à Sein. Avec une mer et un vent pareils, il aurait été impossible de débarquer. Nous autres, les joyeux journalistes, on tapait le carton, on buvait sec, on regardait passer les heures, en tentant de dénicher un « écho », bref, quelque chose. On attendait. Nous en avions l'habitude. Cela faisait partie de notre métier.

Attendre. C'est ce que j'aime le moins. Alors je me suis dirigé vers la mer, vers le port, vers l'arsenal, à travers les débris de la rue de Siam.

Par hasard, je rencontrai un ami de mon frère, capitaine de vaisseau comme lui, et qui, ô miracle, devait avec son escorteur, précéder le navire du Général à Sein. A la vue de mes laissez-passer, il accepta de me débarquer avant tout le monde sur l'île. Aussitôt dit, aussitôt fait. Je récupérai mon preneur de son préféré, Alain Canevet, et dès que la mer nous y autorisa, c'est-à-dire vingt-quatre heures plus tard, nous étions sur l'île.

Le maire m'expliqua que les hommes seraient là, face à la mer, au garde-à-vous, dans leurs sabots, et que le Général les passerait en revue. Je me dis que moins je serais visible, plus mes chances seraient grandes. Il se trouvait à quelques mètres de là une petite construction de pierres. Un dépôt de casiers et de filets qui sentait le goémon. Alain s'installa sur les filets. Je tirai beaucoup de câble, afin de ne pas être gêné par des évolutions imprévisibles et branchai mon micro.

– Vite Alain, vite un essai! Le Général débarque. Paris, Dijon, Le Mans... Paris, Dijon, Le Mans... Tu m'entends? Fais-moi signe.

Les marins, dans leur costume de toile, sont alignés. Le Général avance seul vers eux, tandis que retentit *La Marseillaise.* Je me glisse derrière les premiers combattants de la France libre et, pour disparaître complètement, je me mets à genoux en progressant. Le Général s'approche. (Hélas, je ne me souviens plus des noms exacts des marins.) Le premier marin salue militairement : « Le Bihan... deuxième jour, mon Général. » Le Général, très ému, le salue, puis lui serre la main. S'adressant au second, il dit : « Non, ne dites rien, laissez-moi me souvenir. Gouelaen, troisième jour. » « Oui, mon Général. »

Ces hommes rudes, faits de granit, avaient des larmes aux yeux. L'homme de Gaulle aussi.

– Vous... Le Guen... deuxième jour.

Je m'étais enhardi. Mon micro apparaissait au niveau des genoux des marins. Il fallait absolument que j'ai la « présence », l' « émotion », la « vérité ».

Alors, la main du Général s'abattit sur le micro, et je pris en pleine figure :

– Vous, Sabbagh, foutez-nous la paix!

Le reportage sur l'île de Sein qui passa à l'antenne fut plat, banal, traditionnel. Un de mes nombreux ratages.

En 1958, je retrouvais le Général à Matignon. Il m'accueillit par :

– Encore vous, Sabbagh!

Nous reprenions l'histoire où nous l'avions laissée. Cela signifiait qu'il ne me tenait pas rigueur. Cette fois, je n'étais pas venu avec un micro discret, mais avec quatre caméras, des projecteurs, un car d'enregistrement et une trentaine de techniciens.

Les instructions que j'avais reçues étaient précises : « Le Général ne sait pas parler à la télévision. Vous qui le connaissez, vous allez lui expliquer. » J'avais bien tenté de dire que si le Général me connaissait, nous n'étions pas pour autant copains, et que si je me présentais devant lui, même bien rasé, en lui disant : « Je vais vous donner une leçon de télévision... », il était certain que je me ferais fendre en deux avant d'avoir eu le temps de passer la porte.

Que faire? Le général n'était pas bon à la télévision. Il n'avait pas franchi le fossé qui sépare le discours de la conversation. Comment le lui dire? Brusquement, une idée me vint. Sur son bureau, avant l'enregistrement, je poserais un papier hypocrite, sans en-tête, sans origine, sans signature. Un papier qui dirait...

J'étais à Matignon. J'avais le papier dans ma serviette. La lumière était faite. Le Général avait difficilement accepté de se faire maquiller. Pas par une femme, par un homme! Les cameramen étaient à leurs places. Je jetai un dernier coup d'œil, et dis à l'aide de camp :

– Si le Général est libre, pour nous, tout est prêt.

Quand je l'entendis venir, je posai sur le bureau totalement dégagé, mon papier sur lequel j'avais écrit : « Quand on parle devant des caméras de télévision, on parle X millions de fois à un seul spectateur. »

Je me cachai derrière caméras et projecteurs. Le Général semblait détendu. Il s'assit derrière le bureau, vit le papier. Le lut. Haussa énormément les épaules. Il n'était plus détendu. Il froissa le papier et le jeta dans la corbeille.

Je sortis de mon abri, lui expliquai le rôle et la place de chaque caméra, puis lui demandai un essai de voix. Il s'éclaircit la gorge, et dit de sa voix la plus ferme : « La France... » Puis, me regardant :

– Ça va?

Le preneur de son répondit par haut-parleur :

– Ça va, mon Général.

Le Général sourit. On pouvait démarrer.

J'ai raconté cela, il y a deux ou trois ans à Jean Marin, l'ancien président de l'Agence France Presse. Il a ri. Et il m'a raconté qu'à Londres, avant l'Appel du 18 juin que le Général avait fait en direct, l'essai de voix qu'il avait fait pour le preneur de son de la B.B.C. avait été : « La France... » « Ça va? »

L'enregistrement télévision avait commencé. Trois minutes après le début, je le vis, pointant son doigt vers la caméra qui, je le lui avais précisé, le cadrait en plan américain un peu serré. Il dit :

– C'est à vous que je m'adresse!

Il avait lu le papier. Il l'avait déchiré, mais comme il l'avait compris!

La télévision devint pour lui un instrument insupportable et nécessaire. Il en jouait en virtuose.

Ce : « La France... » « Ça va? » combien de fois l'ai-je entendu? Lui seul pouvait utiliser cet essai de voix. J'ai enregistré à l'Élysée un grand nombre de discours, entretiens ou conférences de presse dominés par le Général. Il disait à chaque fois, avec un sourire à peine marqué :

– Encore vous, Sabbagh!

A partir de l'époque où l'enregistrement magnétique se faisait sur place, une cérémonie extraordinaire avait lieu lors des déclarations. Dans la salle des fêtes de l'Élysée, nous avions installé un bureau, un décor photographique, la lumière, les micros, les caméras et, invisibles, une petite table avec un verre d'eau. Un peu plus loin, se trouvait un récepteur de télévision bouclé sur le car. Face à ce récepteur, un grand fauteuil qui, je le savais, ne servirait à rien.

Le Général arrivait, concentré. Il posait sur le bureau un

texte qu'il ne regardait pas, et qu'il ne nous communiquait jamais. Il enregistrait. Attendait vingt secondes dans le plus profond silence, et se levait. Par interphone je disais :

– Techniquement c'est bon. Merci. Je viens, mon Général.

Je le trouvais cette fois détendu, souriant, parlant avec les techniciens, les cameramen, et avec sa phénoménale mémoire, il disait à un cadreur :

– Oh, vous revoici, vous n'étiez pas là, la dernière fois.

C'était vrai.

Je lui demandais :

– Mon Général, souhaitez-vous voir la bande?

– Certainement.

– Je vous demande trois minutes, le temps de rebobiner et de caler le début.

Le chef de production disait par interphone : « Nous sommes prêts. »

Alors, je débutais le cérémonial :

– Mon Général, nous avons placé un fauteuil devant le récepteur, si vous vouliez...

– Allez-y, allez-y!

– Allô... le car. Attention, lecture!

Il ne s'est jamais assis dans le fauteuil. Il ne s'est jamais regardé sur le récepteur. Mieux, il tournait le dos à l'image, mais, spectacle extraordinaire, il mimait son texte. Devant nous, un homme qui s'appelait Charles de Gaulle imitait le président de la République! C'était prodigieux. Jamais je n'ai osé faire un enregistrement clandestin de ce spectacle... et pourtant... Aurais-je dû? Oui, c'est vrai, je n'avais pas rendez-vous avec l'homme mais avec le chef de l'État, alors!

J'ai connu trois Charles de Gaulle : le Général, l'homme et le président de la République. C'est dans cette dernière charge que, devant les caméras, il excellait. Si j'avais à décerner un numéro deux, je le donnerais (quoique ayant seulement assisté derrière une console de prise de son à la prestation de celui qui fut pour moi le numéro un en radio) à Léon Blum.

En 1947, président du Conseil, il voulut grâce à la radio, s'adresser en direct aux Français. Il arriva au studio du 118

Champs-Élysées comme s'il avait quitté son bureau pour acheter des cigarettes. Ce jour-là, fatigué, il entra dans la cabine et s'écroula sur la table du speaker surmontée par deux micros. Cette table était composée de lattes de bois séparées pour éviter que le son ne fasse écho. Venu seul, il n'avait ni serviette ni papiers dans les poches. Certains, pour se donner confiance, avant de parler à la France, se seraient adossés confortablement à la méchante chaise du studio tout en gratifiant le preneur de son d'un sourire. Le technicien, que je gênais, me poussa avant de lui demander un essai de voix qui, pour Léon Blum, se termina par : « Lorsque vous serez prêts, vous me préviendrez. Je ferai dix minutes ou plus. Je ne sais pas. Vous sentirez venir la fin. » Toujours écroulé sur la table, le bras droit soutenant la tête, j'entendis ce petit homme au regard éclatant d'intelligence et de vivacité me dire (Oh, pardon, dire aux Français) : « Je ne sais pas comment a été votre journée. Pour moi, elle a été longue, épuisante, surprenante. Vous savez, quand on croit en quelque chose et que cela se présente tout autrement, mais oui, bien sûr, vous savez... »

Il était là, derrière la vitre, un homme comme un autre, chargé de toutes les responsabilités, ayant endossé tous les espoirs. Il parlait comme il devait sans doute parler à sa famille. Ce jour-là, il s'adressait à la famille France avec une voix qui s'affermissait de minute en minute. Il ne donna ni ordres, ni consignes. Il oublia l'anathème et le reproche pour évoquer le pays gravement atteint que tous les Français avaient à cœur de rebâtir. Quelle leçon pour le débutant que j'étais! Si son corps disait : « Je ne suis plus jeune, j'ai souffert à Buchenwald », le verbe et le regard conjugués de Léon Blum représentaient une force et une certitude extraordinaires.

La Maison

Plus que tout enfant, j'ai été entouré de femmes. Chaque jour, des femmes venaient à la maison, elles se déshabillaient et posaient pour mon père. J'entrais dans l'atelier durant la séance, qu'elles fussent nues ou habillées. Pour moi, il n'y avait aucune différence. Ces modèles m'aimaient bien.

Mes camarades enviaient ma soi-disant « veine ». Je ne comprenais pas pourquoi. Quand elles étaient ailleurs, elles étaient encore là, ébauchées ou achevées, puisqu'elles étaient sur les toiles. Je ne savais pas pourquoi j'avais de la chance. Étais-je anormal?

Pour moi, la Maison était l'écrin nécessaire au bien-être. La main qui avait fait le bouquet était présente. La douceur qui avait choisi les rideaux ne nous quittait jamais. Le rythme de vie s'adaptait au soleil et à l'humeur, aux uns et aux autres, les meubles étaient solides, amicaux, nécessaires, disponibles.

Je me couchais sur des tapis d'Orient, fatigués, mais chaleureux.

Aux murs, se trouvaient des tableaux, ceux de papa, mais aussi d'autres, ceux des amis. Je revois un portrait de moi bébé sur les genoux de Maman peint par Maurice Denis, un pastel de Gimond, une aquarelle d'André Lhote, une esquisse de Marquet, une toile de Vallotton puis d'autres : Dunoyer de Segonzac, Guillaumin, Picasso. J'étais entouré de couleurs et de formes qui avaient un sens, qui possédaient leur vie, passionnée ou violente, mais qui s'ajoutaient à la Maison.

J'étais bien, et je ne le savais pas. J'étais riche, d'une richesse impalpable, et je l'ignorais. Je ne l'ai su que lorsque j'ai quitté la Maison. A partir de ce moment-là, j'ai vécu extérieurement à moi-même. Je vivais dans une habitation qui pour moi n'avait pas d'âme.

Par moments, il y avait des femmes agréables avec lesquelles je m'entendais, pendant des laps de temps plutôt courts. Après, tout était vide. Je passais d'hôtels, aux chambres sans âme, aux meublés suant de bêtise. Deux jours ici, un mois là, une semaine ailleurs, pour revenir au point d'amarrage.

Il n'y avait plus pour moi d'objets beaux ou laids, de lieux joyeux ou glacés, cela m'était indifférent. Je travaillais dehors, j'étais extérieur à tout et à tous. Quand je rentrais, c'était pour reposer la carcasse afin de pouvoir repartir aussitôt.

Après la maison de mon enfance, vint celle de Catherine.

Lors de mon mariage avec celle que toute la France appelle Catherine Langeais, elle me dit :

– Je ne crois pas t'avoir signalé que j'avais une petite maison de campagne.

Je répondis :

– Tu peux toujours la vendre.

– Jamais, c'était la maison de mes parents.

– Alors garde-la.

Mon attitude peut paraître d'autant plus anormale que je ne lui avais pas demandé où était située cette maison, combien elle avait de pièces, jardin ou parc, devant la voie de chemin de fer ou au milieu de la forêt.

Enfant de la mer, je ne me sentais bien que la peau tannée et salée. La godille et la voile me semblaient les seuls moyens de locomotion acceptables. Quand je marchais, dans la rue, à l'église, sur le port ou dans la vase, c'était pieds nus. Calme plat et plein soleil me semblaient la punition la plus sévère. Par contre, la grande marée doublée de tempête m'apportait toutes les satisfactions. Si le vent était tel qu'il devenait dangereux de sortir en mer, je tirais des bords dans le port, pour pouvoir me mesurer avec les vagues. Affrontement enivrant, appuyé par le cri des mouettes et les odeurs du port qui venaient par bouffées. Après avoir embarqué pas mal d'eau, je mettais le bateau au corps-mort et courais, là-bas, dehors, sur la côte, au-delà du chemin des douaniers.

Seul, face à la mer, je me nichais au creux d'un de ces admirables rochers de granit rose. Alors, je connaissais une joie totale. Spectacle à base de tous les verts que les yeux puissent percevoir, striés et mouchetés des blancs de l'écume, écrasés par les noir, gris et blanc sale des nuages déchirés par le vent, magnifiés par une flaque de soleil, qui, grâce aux mouvements violents de la mer, paraissait joyeuse. Les embruns fouaillaient mon visage, tandis que montaient des odeurs de goémon frais arraché et rejeté par la mer, qui se mêlaient aux senteurs des goémons secs retrouvant trop tard leur élément d'origine.

Les creux de rochers donnaient de la voix. Des cavernes que les mouvements de terrain préhistoriques avaient su ménager sortaient des fracas d'explosions, agrémentées de cascades furieuses et de sifflements menaçants. Spectacle fléché par le vol des cormorans et des goélands jouant avec les vagues et les courants d'air, tandis que plus loin, le jusant, ou le flot parvenait à modifier les couleurs de la mer. Spectacle zébré, toujours changeant que chaque participant interprétait en harmonie avec les autres.

Et ma femme venait me parler de campagne! Il s'agissait certainement de la campagne rassurante. Avec la mer, il est nécessaire d'être tout le temps attentif, sérieux. Il faut craindre, aimer, observer, être précis. C'est la vie tonique, furieuse, douce, imprévue, mais cela peut être aussi la mort.

Un jour, par hasard, j'allais faire la découverte de la maison de campagne de ma femme. C'était une vieille ferme, pas très brillante, assise à même le sol, sans fondations, entourée d'un jardin de curé, triste sous le regard de l'hiver. Je n'étais pas hostile, mais indifférent.

Je pénétrai dans la maison que je découvris de guingois. Les paysans, peu fortunés, avaient, grâce à quelques bonnes récoltes, agrandit la demeure. Là, ça devait être jadis la grange, ici l'écurie. Et tout cela était devenu demeure. Morceaux de maison, l'un après l'autre serrés autour de la pièce principale, la cuisine. On avait retapé, retaillé. Tout était de travers. A l'étage, rien n'était de niveau, ici et là il y avait deux ou trois marches. Les fragments de toits jouaient à « qui m'aime me suive ». La soue à cochons était plantée dans la cour. Dans ce qui avait été la grange, et qui était devenu la grande pièce, j'ouvris une fenêtre :

– Elle est bête cette fenêtre, il faudrait qu'elle devienne porte-fenêtre. On pourrait passer par le jardin.

Ma femme, inquiète de mes réactions, répondit :

– Écoute, c'est MA maison, tu es le premier lord de ma maison, alors fais de cette fenêtre ce que tu veux.

Heureusement, j'avais perdu! La maison m'avait mis dans sa poche. Je croyais l'avoir vue de mes yeux à qui j'avais prêté ma raison. En fait, la vie de ceux qui avaient vécu là, qui l'avaient voulue, avait bavardé avec ma sensibilité. Aucun esprit cartésien n'avait fait de cette maison une boîte à humains ou un clapier pour la vie.

J'ai fait faire ma porte-fenêtre, et puis j'ai planté de la vigne vierge pour tailler un costume neuf à la façade. J'ai muré la porte d'entrée sur la rue, tracé un terrain de pétanque, mis un portique pour les enfants (à nous deux, Catherine et moi, nous en avions trois), retapé l'ex-grange, rénové la bibliothèque, repeint les murs qui en avaient besoin, protégé dans ce que nous appelions le garage, sous les poutres, les nids d'hirondelles.

Catherine m'avait dit qu'à chaque printemps, après leur migration, elles revenaient nicher au même endroit, et qu'à l'automne, elles repartaient avec leurs petits. Si ceux-ci revenaient dans le garage l'année suivante, cela signifiait que le bonheur était dans la maison. J'ai vu passer trente générations d'hirondelles.

Moi, un homme de la nuit, difficile à sortir du lit le matin, les hirondelles ont réussi à me jeter, en pyjama, hors de la chambre, pour voir les matins de rosée. Elles m'ont montré comment on apprenait aux enfants l'A B C du décollage dans la vie, pendant que j'enfermais le chat. Elles m'ont appris que lorsque l'un protégeait et patiemment enseignait, l'autre volait alentour pour assurer la subsistance. Elles m'ont appris à voir et à entendre.

J'ai vu le bourgeon et la fleur, la graine et la pousse, l'arbre et le fruit. J'ai rencontré le merle et le rouge-gorge, la mésange et le corbeau. J'ai écouté, bavardé et nourri des petits oiseaux en perdition.

Les enfants ont pousssé, les petits-enfants sont là. Chacun a son arbre, son bout de jardin, sa plante. Chacun apprend la vie. Ils ne se couchent jamais sans avoir été dire bonsoir au jardin, aux arbres et aux oiseaux. Tout à côté, il y a la forêt, la ferme, les vaches, les poules, les chevaux et les cochons. Ils reviennent dégoûtants après une partie de saute-fumier. Ils sont tranquilles : un jet d'eau les attend.

Je n'enlève rien à mes amours passés. La mer est admirable, mais il ne faudrait pas que l'arbre cache la forêt, l'océan la campagne. La violence et le tonique ne peuvent faire disparaître la douceur, la paix, le calme.

A la fin d'un parcours, dans le rêve ou la réalité, j'aime à la nuit tombée, les bottes encore aux pieds, m'asseoir dans la grande pièce, lumières éteintes, devant un feu de bois. C'est pour moi une cérémonie magique. Lentement, dans l'âtre, je dispose les bûches, après les avoir choisies une à une, car le poirier ne flambe pas comme le cognassier. Il n'a pas le même pouvoir. Je porte la flamme au creux du foyer, où va naître le cœur du feu, ainsi j'aurai renforcé l'atmosphère où pourra apparaître la magie. La pièce se trouve dans l'obscurité. Je suis seul. Les flammèches essaient leur pouvoir. Les bois sifflent, crachent, exhalent des senteurs rares, tandis que commence le spectacle de la vie, de la mort. Les flammes montent, glorieuses et implacables. Pour les bûches, la mort est certaine. Elles offrent leurs voix et leur mystère en une mélodie étrange, qui crée une atmosphère de sortilège presque surnaturelle.

Pour les hommes libres

Fréquemment, des personnes que je croise, croyant me connaître parce qu'ils me reconnaissent, me posent une question; toujours la même.

– Pourquoi et comment faites-vous cela?

– Je n'ai pas appris. C'est inné. Je suis un saltimbanque.

– Non, pas vous. Vous êtes un homme sérieux.

– Disons alors que je suis un saltimbanque sérieux.

C'est vrai, je suis un saltimbanque qui se veut sérieux et qui n'a absolument pas besoin d'être en équilibre pour trouver son équilibre, qui n'a pas besoin de se donner en spectacle pour donner spectacle. Je tente d'être la défroque qui, lorsque besoin en est, va faire disparaître Pierre Sabbagh, ses besoins, ses craintes, ses doutes et ses certitudes en le cachant dans un costume en forme de main tendue vers toutes et tous. Vers ceux qui ont besoin de rire, ceux qui aimeraient savoir et connaître. Mais aussi et surtout ceux qui voudraient pouvoir penser autrement ou à autre chose.

Pour parvenir à mes fins, je dois par moments être un autre, qui soit différent. Un autre dont l'aspect véritable disparaît derrière le masque qui, chacun le sait, possède deux trous pour pouvoir équilibrer mais aussi transmettre par le regard les intentions, les sentiments et les pensées. Masque qui cache la peur, dissimule les larmes, et parvient même parfois à projeter le moi.

Alors qu'importe au spectateur, à tous les spectateurs, de

savoir qui et quel est réellement celui qui tire les fils et qui fait sonner le buccin. Ce qui est indispensable, c'est qu'il y ait contact, chaleur, compréhension, simplicité, information, sourire et honnêteté. Car ce n'est pas l'électronique qui apporte, ce n'est pas l'outil qui crée, ce n'est pas la technique sophistiquée qui fait la moisson de la terre et celle des sentiments. Si je me trompe, qui alors va faire la cueillette des fleurs et celle des cœurs? Qui va apporter la chanson prélude à la venue de l'enfant désiré?

En fait, tout n'est que spectacle. A Épidaure, là où se trouvait le temple d'Asclépios, sont venus des millions de malades implorer Dieu qui, dit-on, lorsqu'il ne pouvait pas guérir, leur conseillait les spectacles du plus beau théâtre du monde, Épidaure où, faute de traiter le corps, on pouvait soigner l'âme, la raison et le cœur. Là, des hommes pouvaient apporter, à d'autres hommes qui souffraient, joie, satire, croyance, raillerie, vérité des sentiments et chaleur de l'amour.

La télévision se devrait d'être notre actuelle Épidaure à destination nationale, européenne et mondiale. Si on ne possède pas le véhicule, c'est l'échec. Car la meilleure idée, la plus grande richesse non partagée ne peut engendrer que l'égoïsme. C'est pour cela que je ne suis qu'un saltimbanque de télévision et fier de l'être. Je ne suis parmi les autres qu'un ouvrier du spectacle. Et en me faisant taper sur les doigts, j'ai appris que je ne présentais que peu d'intérêt pour des millions de spectateurs lorsque j'offrais mes produits et mes joies.

Cependant, en France en 1984, une émission de télévision qui a réuni 36 % d'audience, a été reçue par quatorze millions de Français! Oh! quelle responsabilité! C'est un pouvoir colossal qui, par moments, fait peur, car il semble que pour apporter l'image à domicile on fait un peu n'importe quoi pour que soient mis en route kilowatts, émetteurs codés et non codés, ordinateurs, relais, câbles, satellites, traductions électroniques, informations spécialisées; bref un ensemble qui permet de tout apporter chez vous sans même que vous le demandiez en niant distances, mers, montagnes et frontières.

J'ai le sentiment rétrograde qu'on pose des « tuyaux de

communication » comme jadis on plantait du maïs à tout va. Avec le maïs on savait plus ou moins à quoi on pouvait s'attendre en travaillant beaucoup et si les prix internationaux restaient stables. Mais ces tuyaux-là, ils appartiennent à qui? Ils émettent pour quoi? Ils sont destinés à séduire qui? Ces pouvoirs inquiétants ou onéreux seront présentés sous quels sigles ou pavillons, et dans quel but? J'ai le sentiment que lorsque je ne serai plus là, c'est-à-dire bientôt, le spectateur pourra devenir gibier offert en rase campagne à d'innombrables chasseurs qui, au mieux, seront bien intentionnés ou maladroits.

Saltimbanque, où seras-tu? Peut-être dans l'univers doré de l'oubli où reposent sans doute ceux qui étaient parvenus à rester des hommes libres.

La tapisserie Leclerc de Hauteclocque

En 1947, j'ai eu l'occasion de me prouver que la sincérité pouvait traverser l'éther et marquer les auditeurs. Au cours d'une série de radio-reportages en Afrique, lors du voyage du « grand chef blanc » (le président Auriol), j'avais, à Niamey, été terrassé par une maladie à laquelle personne ne comprenait rien.

On me transporta à Bamako, où l'on voulut m'opérer de l'appendicite. Volant vers Dakar, je fus considéré comme infectieux, et comme j'avais le privilège de posséder un avion spécial, on me conseilla de me rendre à Alger qui avait de si beaux hôpitaux! Mon preneur de son, Alain Canevet, transformé en infirmier, très inquiet de mes 40° de fièvre permanents sous les 50° de température ambiante, me fit admettre à l'hôpital d'Alger, où on lui recommanda de s'adresser en face, c'est-à-dire à Paris, où j'avais certainement un médecin de famille qui s'occuperait de moi. Ainsi fut fait, et Alain me sauva d'une mort certaine. En effet, j'avais ramassé une pleurésie purulente, rare, vicieuse et granuleuse.

Le chirurgien qui m'opéra me condamna à sept mois de clinique et trois mois de convalescence, après laquelle il me confia que seule la sorcière africaine, à sequins d'argent accrochés dans la coiffure finement tressée, que j'avais interviewée, avait pu me protéger.

A cette époque, la pénicilline était encore au berceau. Je n'étais pas physiquement en état de savoir et de comprendre pourquoi on m'avait refusé l'accès au congé de longue maladie. Mes amis de la radio faisaient des reportages qu'ils signaient de mon nom, ce qui permettait à mon compte en banque de n'être pas à sec. L'administration, ayant sans doute mauvaise conscience, fermait les yeux sur ces reportages épisodiques, au cours desquels je changeais de voix pour un oui ou pour un non. Sans l'amitié de mes camarades, je ne sais pas ce que je serais devenu.

Dès que mes jambes m'en ont donné l'autorisation, je suis passé au bureau. Je voulais les remercier, et demander au patron de me mettre au tableau de service, et de me donner quelques reportages sans fatigue et sans risque. Il me proposa les obsèques nationales du général Leclerc, en direct. Je lui fis comprendre que c'était impossible. Physiquement, je m'en sentais incapable.

Il me répondit qu'il ne voulait pas savoir comment je m'y prendrais et qu'il exigeait ces mêmes obsèques en dix minutes, en différé, pour le journal de 20 heures.

Je rentrai chez moi avec le plan d'organisation des obsèques, la documentation du service, les coupures de journaux, et beaucoup de bonne volonté. Que faire? Enregistrer des flashes sur place? Faire le tout d'un seul coup sur un des discours place de la Concorde? Axer l'ensemble sur la cérémonie officielle et religieuse de Notre-Dame? Non, pour Leclerc, je voulais l'adieu des Français. Comment?

Pour fixer mes idées, je jetai en vrac des notes sur le papier. J'essayai d'imaginer ce qu'il aurait pu me dire si j'avais eu la joie de me trouver en tête à tête avec lui. Je l'avais rencontré plusieurs fois, mais toujours avec dix personnes au moins autour de lui, ce qui m'avait empêché de sentir et d'apprécier l'homme sous son écorce.

Je parvins à bâtir un schéma de reportage qui, partant de Notre-Dame, passait longuement par la rue de Rivoli et débouchait place de la Concorde. J'imaginai qu'un Parisien complaisant m'avait offert une place sur son balcon, rue de Rivoli, et disons que « par le miracle des ondes », je percevais Notre-Dame et participais aux cérémonies de la Concorde. Par téléphone, je demandai aux services techniques de la radio un studio avec deux enregistreurs, un bon technicien et un fauteuil profond. Que les mânes des grands journalistes me pardonnent!

Le jour des obsèques, je n'ai rien vu, j'étais dans un studio situé dans une cave. Je demandais à mon technicien de tout enregistrer en longueur. A côté de lui, dans mon fauteuil, un chrono à la main, chaque fois qu'un son ou qu'une ambiance intéressante passait par le micro, je notais. Quand ce fut terminé, je reconstituai dans l'ordre ce que je sentais. Il en résulta une tapisserie de sons, bruits et ambiances de dix minutes.

Il y avait la sonnerie aux morts au clairon, dans le chœur de la cathédrale Notre-Dame, les ordres militaires qui claquaient sec, en opposition avec le murmure de la foule, le pas des chevaux, les chœurs *a capella,* les roues de la prolonge d'artillerie qui crissaient sur le sable, le silence vivant de tout un pays recueilli. Un micro, placé je ne sais où, conduisit jusqu'à moi des sanglots, des murmures, des prières et des soupirs.

Quand ma continuité sonore fut terminée, mixée, j'avais presque envie de la diffuser telle que, sans un mot. J'ai craint, peut-être à tort, que les auditeurs souhaitent autre chose, et trouvent mon apport à ces obsèques nationales sacrilège. J'ai alors chronométré les endroits où je laisserai la place au son seul, au son vrai, puis en défalquant les secondes, j'ai intercalé les textes que j'avais préparés la veille de la cérémonie. J'avais imaginé une tapisserie aussi belle, peut-être plus belle, que la tapisserie de Bayeux, mais qui racontait les hauts faits du général Leclerc de Hauteclocque, de Koufra à Strasbourg.

J'étais au balcon de la rue de Rivoli, et mes yeux embués voyaient un peu flou le défilé funèbre prendre les merveilleuses couleurs de la tapisserie, les couleurs que les Français garderaient à l'épopée conduite par celui qui, quelques années plus tard, deviendrait Maréchal de France.

Cette émotion totalement fabriquée par un homme diminué, a obtenu le premier prix du reportage radiophonique.

Alors, c'est quoi ce métier?

Être ailleurs

Directeur de l'information, j'usais auprès de mes journalistes de la formule suivante : « Le propre du reporter est d'être ailleurs. » Pendant longtemps, être ailleurs a été pour moi un mal permanent. Quand je ne me sentais pas bien dans ma peau, je pensais que pour guérir il suffisait de partir. Erreur, car avec la tête qui ne cesse de tourner et l'épiderme éternellement écorché, ailleurs est pire.

Dès le retour, un nouveau besoin est né d'un autre ailleurs. On a retrouvé, sur l'étagère, son déséquilibre qui faisait semblant d'avoir disparu. C'est de la fuite en avant.

Ce besoin d'être ailleurs, je l'ai contracté vers 1936. Un de mes amis, Fernand Laborey, un petit peu moins jeune que moi, avait créé une agence de tourisme. Très gentiment, car il n'avait pas besoin de mes services, il m'avait demandé de l'aider, lorsque j'aurais du temps. Je voulais gagner un peu d'argent. Tout d'abord, je fus grouillot. Je me souviens qu'un jour il m'avait envoyé à la banque pour chercher une importante somme en liquide. Inconscient, sous l'œil médusé du caissier, j'enveloppai le tout dans le journal du jour, puis, pur comme un qui n'aurait jamais vu un louis d'or, je pris le métro, mon paquet sous le bras.

La tête de Fernand, lorsque je vins lui communiquer les nouvelles du jour! Cette façon de faire lui a sans doute plu, car je suis monté en grade. Je suis devenu accompagnateur, et la valse des voyages a pour moi commencé.

Italie, Autriche, Égypte, Tunisie, Grèce, Algérie, sports d'hiver, sports d'été. Mélange de casque colonial style Savorgnan de Brazza avec des skis genre chasseur alpin. A moi les cars, les hôtels, les trains, les bateaux, les passe-ports, les monnaies, les restaurants, les visites organisées, les mécontents, les colères, les langues et idiomes qu'on ne comprend pas. A moi les rencontres d'un instant, avec un interlocuteur qui vous prend pour le symbole du demeuré croisé avec la vache à lait. A moi le langage international du billet de banque froissé dans la poche et qu'on ne donnera jamais. A moi le culot, l'audace, le mensonge. A moi l'obligation de revêtir la défroque du « gentil garçon qui pleure aux enterrements », mais qui oublie de dire qu'il a bouffé du tigre au petit déjeuner.

Le client est roi. Le client a payé. Le client a raison. Il faut absolument gagner, même si l'administration locale est plus tatillonne que celle qui vous a vu naître. A la fin de la journée, le client, au moment de rejoindre sa chambre, silencieuse, admirablement meublée, où l'eau chaude est toujours chaude et qui a vue sur la mer, doit, souriant, s'écrier : « C'était très bien! » Au retour à Paris, le client doit dire gaiement : « Nous reviendrons l'année prochaine, pour un autre voyage! »

Grâce à cette rude école, contrairement à mon tempérament, je me suis forgé une audace en fer-blanc à durée illimitée.

C'est ainsi qu'un jour je débarquai à Alexandrie, d'un bateau anglais, avec quatre cent quatre-vingts passagers, français, belges, suisses et allemands. Pour que le client soit content, j'avais pris tous les passeports des passagers, afin de leur éviter les contrôles de police. L'officer égyptien monté à bord, se révélait charmant, souriant, prêt à rendre service. Ce cher homme et ses aides tamponnèrent avec lieux communs et promesses d'accueil.

Lorsque ce fut fini, il me dit avec un sourire :

– D'après la liste du commissaire du bord, nous avons terminé. Il ne reste plus que votre passeport personnel.

J'allais l'oublier, et je le lui donnai. Un voile vint ternir le beau visage de l'officier de service :

– Monsieur, vous ne pouvez pas débarquer. Vous êtes

mineur et je ne vois pas l'autorisation de vos parents pour débarquer en Égypte.

Catastrophe. Qu'allais-je faire de mes chers clients? Alors, j'entendis la voix du nouveau personnage qui s'était glissé dans mon enveloppe charnelle :

– Bien, très bien. Comme vous voudrez, Monsieur, mais je crains très vivement que votre avancement ne soit pas celui que vous espériez. Lorsqu'on saura au Palais, car on le saura, que vous avez empêché par obscurantisme le petit-fils de Affifi Sabbagh Pacha Bey de débarquer... Lorsque Sa Majesté saura que vous avez osé. Alors...

A mon immense surprise, il me gratifia d'un garde-à-vous impeccable et dit :

– Excusez-moi, Excellence, j'aurais dû me souvenir.

Et il tamponna mon passeport.

Sabbagh est un nom égyptien, mais évidemment, le roi d'Égypte n'avait jamais entendu parler de moi. Je fis sa connaissance, plus de vingt ans après : lors du mariage de Grace Kelly et du prince Rainier de Monaco. Sa Majesté était devenue Farouk. Détrôné, il flottait en Europe d'un pays à l'autre, d'une cérémonie à une autre. Dès son arrivée dans la Principauté, il avait eu besoin d'aller s'asseoir dans le fauteuil d'un dentiste, ce que le groupe joyeux des journalistes internationaux traduisit par : « Il est allé se faire poser une couronne! »

Je crois que c'est à cette époque que j'ai découvert que, moi aussi, je pouvais parler pour ne rien dire.

Nous venions de débarquer à Naples. Je convoyais un groupe de voyageurs qui (avec supplément) avaient choisi de visiter Pompéi. Installé à l'avant, à côté du chauffeur italien qui ne comprenait pas un mot, je leur racontais n'importe quoi. Parmi un flot de paroles, je lâchai quelques fragments du guide touristique que j'avais parcouru la nuit précédente, et qu'eux, bien entendu, connaissaient par cœur.

– Mesdames, mesdemoiselles, messieurs, je vous rappelle que la ville de Pompéi fut ensevelie en l'an 79 de notre ère, par la formidable éruption du Vésuve, Vésuve que, si vous vous penchez un peu, vous pouvez apercevoir sur la gauche du car...

Soudain, une charmante personne d'un âge certain me dit d'une voix flûtée :

– Dites-moi, monsieur, cette construction blanche que nous voyons là-haut, qu'est-ce que c'est?

– Oh, madame, la bonne question que voilà. (Que vais-je pouvoir lui raconter?) A vrai dire, je m'étonnais que personne jusqu'à présent ne m'ait interrogé sur cet édifice. (A quoi elle ressemble cette baraque... à rien... bon, alors, allons-y!) Eh bien, madame, j'ai le plaisir de vous dire que vous venez d'entrevoir la preuve matérielle d'un des plus beaux gestes de solidarité humaine qui se puisse imaginer. Cette « Maison de Vénus » (et allez donc!) fut occupée dès l'an 79 par des femmes dévouées, généreuses, ancêtres des sœurs de charité, qui s'étaient donné pour mission d'allaiter les tout jeunes citoyens de Pompéi épargnés par le Vésuve, afin que la ville détruite puisse par ces enfants se survivre à jamais...

N'importe quoi. Il y en avait qui prenaient des notes dans leur carnet, sans doute pour raconter mes bêtises à d'autres.

Par bonheur, quand c'était fini, lorsque je me regardais dans la glace, je rencontrais le regard d'un humanoïde honteux. Si j'avais continué sur cette lancée, je n'aurais jamais pu aborder la carrière de journaliste. Ces exercices sans filet et improvisés m'ont appris à devenir à peu près maître de ma langue et de ma tête, tout en jouant aux quilles avec les idées et les mots, en respectant le terrain réglementaire du jeu, c'est-à-dire la vérité.

De Florence à Assouan, de Kairouan à Athènes, d'Innsbruck à Dubrovnik, d'Istanbul à Louxor, de Taormina à Fez, de là-bas... à ici... j'étais ailleurs. Quand je rentrais à Paris, j'étais à nouveau vulnérable, à la merci de mes faiblesses réelles ou imaginaires. Plus tard, des raisons impératives m'interdirent d'être dans un autre ailleurs. C'est alors que j'ai découvert que le travail, aussi, permettait d'être ailleurs.

Radio-pirate

Je tiens Henri de France pour un être de très haute qualité, en dehors de ses qualités humaines, de sa valeur technique, de ses découvertes, de sa rigueur, de ses inventions. Il ruisselle de joie lorsqu'il joue avec le train électrique qui envahit son appartement. Il aime vivre la vie de chaque jour, il aime rire, il a le sens de l'amitié. Dès 1950, il a bien voulu me considérer comme un des membres de son cercle d'amis qui, chaque jour, se retrouvaient dans un café de l'Alma pour être ensemble et boire de la bière. La télévision était le pivot de nos réunions. Mais il y avait plus, et c'est ce plus qui a permis la suite.

En 1953, Henri de France m'a confié un de ses nombreux projets : lancer un poste de radio privé dont l'antenne serait aux frontières, et qui formeraient l'embryon d'une télévision privée plus lointaine. Avec l'air de ne pas y toucher, il me dit que ma place était déjà réservée à la direction de cette future bombe à billes pacifique avec des aspects techniques, économiques, publicitaires, artistiques et politiques. Je pris feu comme un morceau d'amadou, d'autant plus facilement que la télévision française venait de découvrir son cancer, et me demandait plus de graphiques, de règlements, de précisions, de bordereaux, de procès-verbaux et de comptes rendus, que de télévision. De surcroît, la « réunionnite » était née, et la mode du « pia-pia-blablatant » ensevelissait déjà la télévision. Je commençais à m'ennuyer ferme.

Henri de France me dit :

– Vous connaissez Charles Michelson?

– Non.

– Vous allez le connaître. Il est dans le coup.

– Où puis-je lui téléphoner?

– Non, il faut être discret, il vous appellera.

Alors, commença un roman comico-policier. Charles Michelson me téléphona, me disant qu'il était « qui je savais annoncé par Henri... et qu'il était nécessaire que nous nous voyions ». Je lui donnais mon accord et lui dis que le mardi suivant j'étais libre. Je lui proposais de me rendre à son domicile. J'entendis alors :

– Un messager vous fera savoir où et à quelle heure, mais n'en parlez à personne, à personne.

Il raccrocha.

Afin d'élucider « le mystère de l'inconnu du mardi », je tentais de rassembler des informations qui, résumées, donnèrent à peu près :

– C'est un homme d'affaires étonnant.

– Illusionniste de grande classe.

– Personnage fascinant.

– N'est jamais où on pense le trouver.

– L'homme le plus intelligent que je connaisse.

– L'empereur du suspens et de la virgule déplacée.

– Il n'entre jamais en scène, il tombe des cintres.

– Dans son salon, on ne voit que des toiles de maîtres et des membres du Barreau.

Le lundi, je vis entrer dans mon bureau une petite dame gentille, qui tenait une enveloppe sans en-tête, à mon nom, avec la mention « personnelle, en main propre » encadrée en rouge. Elle me dit :

– L'expéditeur m'a priée de vous demander si vous étiez toujours libre mardi.

– Oui, mais je viendrai armé.

La petite dame sourit, fit une pirouette. Je ne la revis jamais.

Dans l'enveloppe, se trouvait un billet de cinéma d'une salle de la rue Marbeuf, accompagné d'un message sur papier anonyme : « Je vous attendrai mardi, à la deuxième séance, c'est-à-dire 17 heures, mais n'entrez que lorsque le film sera commencé. » Pour moi, le film avait déjà commencé.

A 17 heures 10 le lendemain, j'entrais dans le cinéma, mon billet visible à la main. Le film devait être mauvais, il n'y avait personne. Une ouvreuse me guida dans l'obscurité avec sa lampe électrique jusqu'à une ombre corpulente, seule, parmi les fauteuils d'orchestre. Je m'assis. Une grosse voix murmura :

– Bonjour, je vois que vous êtes précis. Bien. Les précautions que j'ai prises sont nécessaires. Il ne faut pas que l'on nous voie ensemble. Henri m'a dit que vous seriez d'accord. Nous avons absolument besoin de vous. Vos conditions seront les miennes. Vous êtes le seul spécialiste de la radio et de la télévision qui ne dorme pas, qui a des idées, qui aime le risque, qui paie de sa personne, qui est un meneur d'hommes, et qui veut que demain soit extraordinaire.

Avant d'avoir eu le temps de lui demander si ce formidable bouquet de roses avait des épines et lesquelles, il dit :

– Allez. Maintenant, partez! J'ai votre accord. Je suis sûr de votre silence. Nous sommes restés trop longtemps ensemble. C'est dangereux. Je vous ferai signe. Au revoir.

Une grosse poignée de main me repoussa.

Le typhon m'avait aspiré. Il me recrachait hors de la salle. Je n'avais pas donné d'accord. Je n'avais pas eu le temps de dire oui, non, peut-être, ou quand, avec qui, et pour faire quoi?

Henri de France rit beaucoup, me rassura. Je les vis ensemble souvent, et aux mois de février 1954, je donnais ma démission de la R.D.F., et j'entrais rue François-Ier, dans l'immeuble qui devait devenir dix mois plus tard Europe 1.

Je tentais d'amener avec moi quelques journalistes, mais « la peur du vide » existe pour beaucoup de gens. Passer de la télévision à la radio, c'est réservé, me disaient-ils, aux masochistes qui veulent entendre et refusent de voir.

J'avais un volontaire, dynamique, monté sur ressorts, un ami, dont la présence dans une équipe chassait toute mélancolie. C'était Lucien Morisse que j'avais arraché quatre ans auparavant à la discothèque de la R.D.F., pour lui confier la sonorisation du Journal télévisé. J'avais remarqué son goût, sa prodigieuse mémoire, sa largeur de vue, son imagination et sa joie de vivre. Il gagnait un salaire de misère à la discothèque. Je ne pouvais lui proposer que 30 p. 100 de plus, mais ce qui était important pour lui, c'était ce que je lui avais dit :

– Désormais, tu es ton propre patron, et tu ne dépendras que de moi.

Il fut son patron, et cela produisit des étincelles.

Il m'accompagna à Europe car je lui avais dit :

– On part dans le brouillard. Il faut trouver un ton, un esprit, un langage, un contact. Il faut découvrir ce qui fait dormir chacun, afin de les réveiller.

Époque extraordinaire! On recrutait en vrac. Je faisais du *training,* comme dans un camp d'entraînement, pour former les reporters. Je fis venir de Suisse, l'ingénieur Kudelski et lui demandai de me construire le rolleiflex du son, afin de permettre aux reporters d'Europe 1 d'avoir la souplesse des reporters photographes accompagnés de leur transmetteur Belin. Après quelque temps de recherche, ce fut le premier Nagra. Kudelski avait compris les besoins et les contraintes que je lui avais exprimés. Le Nagra faisait face à la poussière, à la chaleur, au froid, à l'humidité, aux chocs. Il était petit, peu lourd, utilisable par une seule personne. En trois mois, nous avions fait un bond en avant de quinze ans.

Enfin libre. Un homme seul pouvait parler, interviewer, enregistrer, éventuellement en courant, en avion ou dans le métro. A l'hôtel, il pouvait monter sa bobine et, par le téléphone de sa chambre, transmettre sur l'antenne. Vivante, légère, l'information allait circuler seule et rapide, avec comme label de vérité, le son authentique.

Nous menions une vie folle. Les ingénieurs de l'émetteur faisaient glisser nos fréquences, car nous étions à classer dans les radios pirates. Quel ballet!

Nous voici sur 246 kilocycles : le radio-phare de Genève reçoit du jazz! Nous glissons. 250 kilocycles : la Finlande se fâche. Les émetteurs conçus par Henri de France sont situés en Sarre, sur le plateau du Felsberg perchés sur des pylônes de 300 mètres, animés par une puissance de 400 Kw, d'une portée de 1 000 kilomètres.

245 kilocycles : la Norvège et le Danemark se plaignent. Il y a interpellation à Oslo. L'ambassadeur du Danemark en France se plaint au Quai d'Orsay.

238 kilocycles : Radio-Luxembourg se fâche tout rouge. On lui répond qu'il n'a pas le droit d'être là, d'après la Convention de Copenhague de 1948. C'est vrai, mais nous non plus, nous n'avons pas le droit d'être là. Il y a une cinquantaine d'émetteurs pirates. Alors!

218 kilocycles : Oslo s'inquiète à nouveau. 200 kilocycles : Droitwich grommelle des choses très fermes. Europe 1 devient la station la plus baladeuse du monde. Nous pensons même lancer un jeu qui nous ferait offrir une sucette géante en forme d'émetteur au premier auditeur qui nous aurait retrouvés. Y avait-il seulement un seul auditeur en 1954? Le Parti communiste français et le M.R.P. exigent notre disparition.

Calés enfin sur 182 kilocycles (1 647 mètres grandes ondes) nous gênons Luela en Suède, Reykjavik en Islande et Ankara en Turquie. Là encore, nos techniciens font merveille. Les antennes sont transformées pour permettre une cardioide [1] qui évitera ces trois stations.

Une dépêche nous apprend que, dans les Alpes, Lachenal est tombé dans une crevasse. Il est sans doute mort.

– Vite, la carte. Il y a un refuge là-haut, j'en suis sûr. Je me souviens, il y a le téléphone. Allez les gars, cherchez...

Je sors d'un de mes tiroirs un micro suceur que je fixe sur le téléphone (c'était un P.T.T. 24, le meilleur) avec du chatterton (« On n'a pas le droit de capter la modulation du téléphone en se branchant sur l'installation du service public »). Ça y est, on a le numéro du refuge. « Laissez sonner jusqu'à plus soif. » Le téléphone sonne. Un guide répond. Bouleversé, il raconte la chute mortelle de Lachenal. Le Nagra enregistre. Les auditeurs d'Europe 1 seront les premiers et seuls témoins de ce drame.

Avec Maurice Siégel, je continue la formation et l'entraînement de ceux qui sont autour de nous. Ce sont de bons

1. La cardioide est la courbe que produit la modulation émise. En augmentant ou en diminuant certaines fréquences, on peut soit éviter certains territoires, soit au contraire les rechercher.

journalistes, mais hélas, je suis le seul à connaître la radio. Alors, pour Pierre Laforêt, Claude Terrien, Jean Pichon, Robert Bré, Maurice Ciantar, Gilbert Lauzun, Jean Gorini et d'autres, ce sont des cours d'enregistrement, de montage, de diction, de placement de voix. Je dis à Armand Jammot :

– Vous, pas de micro, vous avez une voix trop parisienne.

– Eh bien, et Siégel, alors?

Maurice lui répond :

– Moi, j'ai la voix des boulevards, vous vous avez la voix des faubourgs, alors vous resterez à la rédaction.

Je fais concevoir et fabriquer un petit émetteur de la taille d'un portefeuille, l'antenne prend place dans le veston et le micro est camouflé dans un insigne de boutonnière métallique, ridicule, en forme de fleur. « Ça donne mauvais genre. » Un journaliste peut ainsi être en direct sur l'antenne, cela nous vaut quelques remarques.

M. Pinay revient de l'O.N.U. A Orly, devant les caméras et les micros, il dit :

– Vous permettrez, Messieurs, que je garde mes informations pour le président de la République?

Puis, il se dirige vers sa voiture, entouré par les journalistes de la presse écrite. Il les connaît. Il sait que pour publier, ils ont besoin d'au moins six heures. Alors, il leur parle de sa mission. Notre reporter était parmi eux, avec son émetteur, un carnet et un stylo pour faire comme si... Il paraît que lors de son arrivée à l'Élysée, le président de la République a dit à Antoine Pinay :

« Je sais, merci! » Nous avons eu quelques ennuis avec cette invention.

Dans la foulée, je commande des émetteurs moto et avion pour le Tour de France. Mes bonshommes commencent à pratiquer le montage en biais et, tout d'un coup, un accident. Trois minutes avant de diffuser un reportage, alors que la bobine est « en chignon [1] », je leur apprends que l'antenne compte avant tout. Je jette la bobine par la fenêtre en espérant

1. Toutes les spires d'une bande magnétique s'enroulent autour d'un noyau. Lorsque les bandes s'emmêlent, on dit en jargon de métier que la bande est « en chignon ».

que ça passera, mais en mettant en garde un journaliste au micro, prêt à intervenir à tout moment, en direct. Cette fois, c'est passé.

Pendant cette période, j'avais abandonné, contraint et forcé, mes évasions oniriques. La machine marchait trop vite, et il fallait ouvrir la route. Ce fut une époque fantastique et lorsque j'écoute la radio, je suis content de constater que ce que nous avons commencé a été poursuivi, et s'est amélioré. Europe 1 est restée : « la station de l'information de nos amis ».

Je m'apercevais que l'image me manquait. Je retraversais la Seine, avec la chaude amitié du nouveau président d'Europe 1, Sylvain Floirat, qui n'avait pas compris que je le quittais, simplement parce que je voulais être ailleurs. Il me dit :

– Ton fauteuil sera toujours libre à côté du mien. Ma porte te sera toujours ouverte.

Ce n'étaient pas des mots en l'air. C'est encore vrai aujourd'hui. J'ai souvent revu Charles Michelson. Les moments que nous passions ensemble étaient toujours, pour moi, enrichissants. Nous projetions nos passions communes de radio et de télévision vers l'avenir, cet avenir que je commence à vivre, mais qu'hélas il n'a pas pu voir. Ces contacts entre lui et moi n'ont pas toujours été sereins. Un jour, dans son bureau, je ne sais plus pourquoi, nous nous opposions violemment. C'est alors qu'il me siffla au visage.

– Désormais, je vais vous tutoyer. C'est ma façon à moi de mépriser. Sors vite, petite larve, et que je ne te voie jamais plus.

J'eus le tort d'éclater de rire. Alors, il saisit les deux téléphones et les écrasa sur son bureau. J'enchaînais, avant de sortir :

– Deux téléphones. Deux. Bougez pas, je vais en commander deux autres.

Je ne le rencontrai plus pendant trois mois. Il tenait parole. Un jour, à quatre heures du matin, le téléphone sonna. Catherine me dit :

– C'est l'heure Michelson.

C'était vrai. Il commençait à travailler à quatre heures du matin, et se couchait à 20 heures 30.

« Encore vous, Sabbagh ! »

– Allô, c'est toi? C'est vous? Demain, c'est la Saint-Pierre. Vous m'aviez dit que vous ne possédiez pas d'autoportrait de votre père. J'en ai acquis un. Il est à vous. Cadeau pour la Saint-Pierre. Passez le prendre chez mon concierge, car je ne veux plus vous voir. Jamais!

Quel homme extraordinaire! Il avait choisi un prétexte de calendrier pour m'offrir, de la façon la plus rugueuse, ce qui me touchait le plus.

Avec eux, oui

Lorsque les hommes qui font la télévision considèrent que leur rôle consiste à promener un miroir devant la vie, ils ont gâché le bien de tous. On peut alors être certain que ce sont des fonctionnaires dévoués et sans âme qui entretiennent l'outil et refusent de savoir s'il a un cœur. Leur langage qui n'est pas destiné à rencontrer l'écho est sans passion puisqu'il n'a pas d'âme. Les décisions issues de l'ordinateur sont aussi chaleureuses que le yatagan qui prépare un avenir sans appel. Au demeurant, tous ces gens sont travailleurs, dévoués, intelligents et nécessaires. Nous leur demanderons seulement de nous laisser seuls dans les lieux de jeux où le rationnel n'a pas forcément raison, où la poésie a droit de cité, où l'information peut marcher sans honte, où le rêve n'est pas à vendre, où l'imagination est parfaitement nourrie, et où, quel que soit son âge et son sexe, le spectateur est respecté.

Dans ce lieu sans murs, en conséquence sans portes, et où le soleil a droit de cité, faire de la télévision ce n'est pas donner des ordres ou seulement des indications, car cela tout le monde sait le faire. En tenant compte de l'outil et de sa complexité, il est indispensable, pour convaincre l'autre et les autres, de donner le meilleur de ce qu'en général on cache.

Il faut découvrir les morceaux de mosaïque dont on a besoin et que l'on ne connaît pas, poser les questions qui permettent la venue de la réponse lumineuse, trouver celle ou celui qui, écorché à l'année, a mieux perçu l'idée, le besoin de ceux pour qui nous aimons travailler. Il faut que les portes soient ouvertes aux bateleurs de la pensée, à ceux qui sont riches du passé et sûrs de l'avenir. Le tout grâce à une chanson. Le tout grâce à une réflexion.

Dans cette télévision sans portes parce que sans murs, mais à l'atmosphère enivrante, j'ai connu et apprécié bien des personnalités. Certains que j'ai croisé avec profit, d'autres grâce à qui l'amitié est née. Sans ordre, et avec beaucoup d'oublis, je citerai le professeur Jean Bernard, Elvire Popesco, Paul-Émile Victor, Pierre Dux, Christian-Jaque, Raymond Souplex, Jean-Laurent Cochet, Charles Dullin, le professeur Mathé, Raymond Jérôme, Bertrand Flornoy, Robert Manuel, Danielle Darrieux, Raymond Rouleau et tellement d'autres qui ont bien voulu prêter l'oreille aux besoins non formulés qui sont mon pain quotidien. Hélas, on se souvient si mal de ceux qui vous ont fait du bien!

Parmi ceux qui ont accepté de travailler avec moi, la main dans la main, je citerai Alain Delon. Il n'avait pas besoin de moi pour faire du cinéma, je n'avais pas besoin de lui pour faire de la télévision. Cependant, nous nous sommes rencontrés et appréciés. Il était homme de spectacle. Moi aussi. Le temps perdu l'agaçait. Moi aussi. Il aimait la boxe. Moi aussi. Il aimait travailler pour le plus grand nombre. Moi aussi.

Nous nous sommes rencontrés alors qu'il montait de grandes réunions de boxe. En un clin d'œil nous avons compris que si nous voulions gagner, tous deux nous devions feindre. Le téléphone a très bien fonctionné. Il fallait quand même se rencontrer. Alain Delon est venu à la télévision en disant qu'il avait rendez-vous avec Guy Lux. Un de mes collaborateurs, seul dans la confidence, l'a conduit à mon bureau. Si nous désirions retransmettre en direct de très grandes réunions de boxe allant jusqu'aux championnats du monde, il était indispensable que personne ne nous voie ensemble. Plus, il était dangereux de signer un accord.

Nous avons parlé argent, dates de versement, clauses, heures de transmission, direct et différé, droits de retransmission, France et étranger, pour qui, à qui... Un regard échangé nous a suffi. Nous étions de même métal. Inutile de signer. Le contrat verbal serait respecté comme par les diamantaires d'Anvers.

Quelques jours après, me déguisant couleur muraille, j'ai été déjeuner chez lui. Le climat était le même. Nous faisions le même métier, avec le même amour. Certains journalistes futés, à la recherche du très bon écho, l'avaient imaginé et même dit. Alain a été mentir à R.T.L. J'ai été mentir à Europe 1. Ensemble, pour le plus grand nombre, nous avons bien travaillé.

Autre personnage qui m'a marqué, Edwige Feuillère. Pendant un mois, elle a bien voulu me prêter son talent, son métier et sa sensibilité. Nous allions enregistrer « Au théâtre ce soir ». Nous avions fait la générale le matin, de neuf heures trente à douze heures. Le rideau était prévu à quatorze heures trente. Je lui avais dit :

– Détendez-vous. Je viendrai vous chercher dans votre loge, le moment venu.

A treize heures trente, mon inquiétude permanente débordait : « La Bible était-elle bien placée sur le secrétaire? – A-t-on graissé convenablement la porte côté jardin qui ce matin grinçait? Le chapeau melon est-il bien placé, bien visible sur le porte-manteau? »

Inquiet, j'entrai dans ce décor très mal éclairé par une seule lampe de service. En silence, un ectoplasme semblait flotter entre les meubles. C'était Edwige Feuillère qui, partageant mes inquiétudes, était venue à la recherche de son personnage pour le mieux caser dans cette maison qu'elle ne connaissait pas.

– Edwige, je vous avais dit que je viendrais vous chercher dans votre loge!

– C'est vrai, Pierre. Mais avec un seul enregistrement vous me condamnez à être *chez moi* dans *ces* meubles qui sont dans *mon* appartement. Il faut, sans que je réfléchisse, que mon corps sache que du secrétaire à la fenêtre il y a sept pas, et que mon tricot, par vous placé sur le chiffonnier, doit être saisi de la main gauche.

– Edwige, la répétition générale a été excellente. Détendez-vous car votre inquiétude va me gagner. Elle va gagner mes caméras, mes lumières, mes mouvements de prise de vue. Tout ça, vous ne devez pas le sentir. Pour vous, seule la salle doit compter.

– Je le sais et mon personnage possède totalement son texte. Ses colères m'appartiennent. Mais la femme que je suis n'a pas réussi à, physiquement, posséder son cadre de vie.

Voyez-vous, travailler comme ça, c'est vraiment le bonheur.

Le spectateur de télévision est souvent ébloui par la vedette. Mais celles et ceux qu'on appelle ainsi diront que d'autres, aux noms inconnus, méritent l'affiche. Ils savent apporter le langage d'une lumière, l'émotion d'un son travaillé, l'écrin d'un décor, le montage sec de quelques images brutales qui prennent à la gorge, un regard dont le cadrage a exprimé tout le mépris. L'ensemble forme enfin un langage cohérent dont les participants sont plus fiers car ils y ont apporté leur émotion et leur joie.

Cet édifice fragile n'est possible que si le vrai patron a su faire appel à la sensibilité et à l'amour du métier de chacun, ceux qui ont un nom et ceux qui n'en ont pas. Mais tous ont apporté le maximum car ils sentent le besoin de chaleur de celui qui attend, de celui qui appelle.

Le pensum

En Bretagne, lorsque j'étais enfant, ma joie était de partir seul en mer. Ce n'était pas aussi simple à faire qu'à dire, car il fallait que fussent réunies cinq conditions : que l'heure de marée soit favorable, que mon frère ait décidé de rester à terre, que je sois physiquement disponible, que le temps soit suffisamment serein pour que mes parents m'y autorisent, que je promette d'être rentré à l'heure des hôtels, et tenir parole.

Il y avait sur le port de Ploumanac'h deux hôtels, l'un à l'entrée du goulet, l'autre bord à bord avec le Moulin Rouge. Ils sonnaient le dîner, l'un à 19 heures, l'autre à 19 heures 30. Il fallait être à la maison avant la deuxième cloche.

Ce jour-là, tout marchait. La mer était belle. Un vent frais et stable me baignait de promesses. Après avoir armé, tôt le matin, le *Jean-Pierre,* je sortis avec la marée descendante. Le *Jean-Pierre* était un petit cotre, l'étrave haute, le tableau arrière au ras du sillage, 5 mètres 50 à la flottaison, une grande et honnête quille sans dérive, une grand-voile très « apiquée » et un foc généreux bordant au-delà des haubans. Une embarcation très facile à manœuvrer.

J'étais chez moi, j'étais en mer. Le jusant me poussait à l'est, il me fallait corriger ma route pour atteindre, au milieu des sept îles, l'île Rouzic, but de ma sortie, à environ cinq milles de la côte. Ma joie pouvait éclater. Assis au vent, j'avais dans la main droite la barre franche, et dans la main gauche l'écoute de grand-voile. La barre franche est un bout de bois relié au gouvernail, destiné à la main du barreur qui doit tenir un cap. Pour moi, elle représentait bien autre chose.

Je m'entendais penser : « Nous deux, on va tracer la route. » D'un mouvement, je venais au vent pour éviter la vague déferlante. D'une vibration, la barre me répondait : « Tu as eu tort : elle n'était pas dangereuse. Tu n'aurais même pas embarqué. Un peu mouillé le foc peut-être ? »

L'autre main tenait fermement l'écoute de grand-voile. Ainsi était établi le dialogue avec le vent. Une main, la mer, l'autre main, le vent. Au milieu, la tête qui tente d'aimer, de comprendre, de répondre et de juger. Restait le bateau, solide comme un récif qu'on n'a pas vu. Une coque galbée sur des membrures faites pour savoir répondre souplement à la mer. Demi-pontée avec un îloir qui fait glisser la vague vers l'arrière et éventuellement me tenant les fesses au frais. Avec un mât, franc et solide, arrimé par des haubans. Sur ces haubans, j'avais accroché tribord et bâbord des morceaux de bolduc de soie, puisque je savais que la route du bateau était certes fonction de la mer et du vent, mais aussi du barreur qui devait établir entre les voiles un courant d'air sur lequel « glissait » l'embarcation. Les yeux sur le bolduc intéressant, une main sur la barre franche, l'autre sur l'écoute de coton, douce au contact même mouillée, je savais ce que voulait le vent, ce que pensait la mer, et grâce au petit bout de soie, j'appréciais mes erreurs.

Ce jour-là, je voulais aller à l'île Rouzic, à présent protégée et interdite aux touristes car s'y reproduisent des petits perroquets de mer, les calculots, qui nichent dans des terriers que des visiteurs inattentifs pourraient saccager. Ayant amarré le *Jean-Pierre* sur une caillasse, avec un brin de rappel sur l'île, j'étais parti me cacher dans les rochers pour admirer les oiseaux. Je faisais tout pour être invisible et silencieux, afin de ne pas les gêner. C'était inutile. Ils voient tout, sont malins comme des singes, intelligents comme des polytechniciens, et considéraient à l'époque l'homme non comme un ennemi, mais comme un « curieux bipède ».

Perché à mi-hauteur, à plat ventre, la tête penchée vers une crique peu profonde et baignée par une eau transparente, je découvris, à ma stupéfaction, « l'école de village des calculots bretons ». Face à la mer, un calculot adulte faisait la classe de plongée à six ou huit calculots juniors. L'instituteur (ou l'institutrice), prévenu de ma présence par un calculot policier qui volait au-dessus de la classe, tourna sa tête vers l'enfant d'homme perché là-haut, et j'imaginais un clin d'œil signifiant : « Tu vas voir s'ils sont bien, mes petits! » A l'appel du professeur, l'un après l'autre, ils plongeaient, apprenaient la nage sous l'eau, la respiration, la place des pattes, des ailes, et l'emploi du regard. Quand ça n'allait pas, quelques mots vifs adressés au coupable, une fois même accompagnés de coups de bec, et le mauvais élève recommençait sous l'œil, rond, quoique ricanant, de ses camarades.

C'était prodigieux. J'étais fasciné, le temps ne comptait plus. Je n'avais pas de montre, mais je m'aperçus brusquement que le fond de la crique était passé d'un bleu très mer du Sud au bleu de Prusse. Les petits calculots s'amusaient comme des fous, car des vagues pénétrant dans la crique venaient corser l'exercice.

Le temps s'était couvert. Il mc fallait vite rentrer. J'envoyais un baiser aux calculots, hissais la grand-voile, étarquais le foc. Maintenant, le flot me poussait vers l'ouest, le vent avait viré. Il me fallait tirer des bords pour rentrer. J'allais être trempé et en retard. *Mallas Doué Gast!*

A Ploumanac'h, mon père, voyant changer le temps, était venu, inquiet, à la pointe de *Pen a Hir* pour m'attendre. Il ne vit rien. Les pêcheurs lui affirmèrent : « Le Pierrick y sait naviguer, lui, on lui a appris. Il sera là à la fin du flot. » La première cloche sonna, puis la seconde. La nuit était tombée.

Je rentrais sans dommage. A quai, dans la demi-obscurité, je vis mon père. Tranquillement, j'amenai les voiles, vins à la godille jusqu'au corps-mort, puis rangeai les drisses, écoutes et aurins. Enfin, je débarquai.

Mon père, pour libérer son inquiétude, devant les pêcheurs ricanants, m'attrapa par une oreille et y déposa un formidable : « C'est à cette heure-ci que tu rentres? » Puis, faisant le tour du port, très animé à cette heure, il me traîna par l'oreille jusqu'à la maison.

Devant ma mère souriante, car son vilain canard était rentré, mon père m'ordonna :

– Tu vas aller dans ta chambre où tu me feras mille lignes : « Je ne rentrerai plus jamais en retard. » Tu prendras le temps que tu voudras, une journée ou une semaine, mais pendant ce pensum, tu resteras dans ta chambre et tu seras au pain sec et à l'eau.

Inutile de discuter, d'expliquer, d'essayer de produire des larmes. Et puis, le pain sec et l'eau... qu'importe, après les calculots!

Je dormis merveilleusement. Au matin, réveillé par les cris des mouettes, je pensais : « Il faut trouver un truc. » Avec les branches de lilas séchées que j'avais rangées, qui sait pourquoi, dans ma chambre, et des bouts de vieilles lignes dans le tiroir de la table de nuit, je pourrais fabriquer un porte-plume à trois lignes. Si j'y parvenais, je n'aurais à faire que 333 lignes avec le porte-plume à trois plumes, plus une seule ligne avec le porte-plume de tout le monde.

Ma mère, émue, m'apportant du pain (qui n'était pas sec mais frais) et de l'eau, trouva un garnement qui, la chanson aux lèvres, était l'image du bonheur. Pendant deux jours, je fis et refis mon porte-plume. Inventer, c'est facile, mais appliquer, c'est effrayant. Pendant deux jours, avec ma boîte de plumes Sergent-Major, je livrai une rude bataille. Pendant deux jours, mes chansons toujours joyeuses, mais de moins en moins convenables (j'étais passé de *Hardi les gars vire au Guindeau* aux *Filles de Camaret*), scandèrent un nombre considérable de bavures et griffonnages illisibles. Au matin du troisième jour, je n'avais tracé aucune ligne : « Je ne rentrerai plus jamais en retard. »

Alors, je décidai, contraint et forcé, de rejoindre la tribu des rétrogrades qui n'écrivaient qu'une ligne à la fois, à la vitesse d'une marée aux périodes de mortes-eaux. Je m'appliquais, moulais mes lettres, variais le sens, le style, l'orthographe, et arrivais à des axiomes du genre : « Je ne rentrerai en retard qu'exceptionnellement », en passant par : « Je ne rentrerai en retard que si je n'ai pas faim », sans oublier : « Si on aime le pain et l'eau, on peut rentrer en retard. »

Tout cela enrubanné par des chansons clamées joyeusement mais toujours faux. Je me sentais bien, je décidais de prolonger le pensum en ne faisant que seize pages par jour, à vingt et une lignes par page, cela me conduirait à pousser le hurlement de victoire le cinquième jour.

– Ça y est, j'ai fini... et je ne suis pas en retard.

Mon père arriva, contrôla mon pensum, eut l'indulgence de sourire, et me dit :

– Je suis content de toi, Pierre, car tu as admis ta punition comme un homme. Tu as ravalé ta colère et tu as payé. Dans la vie, tu vois, il faut toujours payer ce qu'on a décidé de s'offrir.

Je répondis :

– Mille lignes, c'est pas cher, alors je recommencerai. Vraiment, pour assister au cours des calculots, c'est donné!

Il faut oser

J'ai vite compris que, pour oser, en toutes circonstances sans posséder les armes nécessaires, il me fallait porter un masque. Lequel? Arlequin possède celui du peuple. Pour faire sérieux, j'aurais pu prendre celui de la tragédie, mieux, le masque de Pierrot. Un masque se doit de paraître, de dissimuler et de travestir. Il peut aider à parer aux assauts, tel le masque d'escrime, ou à se prémunir de l'agression, comme le groin du masque à gaz. Ainsi, nous avons une chance de rester intacts.

Je me suis composé le masque d'un Sabbagh : mosaïque adaptée à mes pulsions, et surtout à leurs contraires. A la radio ou plus encore à la télévision, on a l'audace de s'adresser à tout un peuple. Cet acte apparemment simple, techniquement facile, représente le comble de l'outrecuidance.

On le comprend lorsqu'on est lucide, avec en prime la panique quand survient le trou de mémoire, et que commence la chasse aux noms qui se dérobent, aux chiffres qui glissent comme savonnettes, tandis que la paire de chaussures qu'on vient d'acheter « pour faire bien » grince, comme si on ne l'avait pas payée!

Il faut être inconscient pour goûter à cette drogue, vicieux pour recommencer à se shooter, fou pour se soumettre. Vient le jour où l'on est totalement intoxiqué, alors règne le mal avec lequel il faut s'habituer à vivre.

J'ai trouvé un antidote, un pouvoir et un besoin.

Je déteste me donner en spectacle. Ainsi, j'ai souvent préféré une place dans les cars, cabines, salles de rédaction, régies, salles de montage, bureaux ou fauteuils de direction. Cette tendance est renforcée par le fait que je n'aime pas être reconnu. Je souhaiterais être Sabbagh à la télévision et, ailleurs, Durand fondu au milieu des Dupont.

Le pouvoir, je l'ai découvert par hasard : il suffit d'être deux. Devant une caméra de télévision, la plupart du temps, on s'adresse aux spectateurs, on regarde en face un objectif, tout en se voyant soi-même. C'est effrayant! On parle à un pays en se regardant dans un miroir.

J'ai essayé de substituer à cette présence l'image irréelle de quelqu'un, qui compte beaucoup pour moi, qui me juge sévèrement mais honnêtement. Depuis longtemps, dans les objectifs des caméras apparaît le visage de ma femme. C'est elle que je dois convaincre. Un autre élément complète cette panoplie. C'est un phénomène qui me place dans un état de dédoublement. Dès que le chef de production dit : « Attention, ça va être à nous! » j'ai l'impression que mon enveloppe charnelle flotte au-dessus du sol, comme une marionnette à fils, tandis que mon « moi » est assis dans un coin du studio, et regarde mon pantin bavard s'agiter.

L'émission vient de commencer, alors mon « moi » interpelle le gugusse qui se trouve devant les caméras : « Assez. Pose ta question! Écarte-toi pour que le réalisateur puisse serrer sur lui seul. Tourne sur ta gauche. La caméra est là oui, comme ça. Le réalisateur te passera *cut*. Bien. Attention. Cette phrase est trop longue, tu n'en sortiras pas. Le cadreur ne pourra plus faire le point. Ça va finir, tu as été moins mauvais que je le pensais. Tâche de conclure rapidement ».

D'être ainsi drivé par mon jockey m'aide considérablement!

Enfin, le besoin qui m'habite se situe au niveau de ma curiosité. Lorsque quelque chose m'a touché, ému ou comblé, lorsque j'ai mieux compris ou écarté un coin d'ombre, j'ai besoin de partager, j'ai besoin d'offrir un morceau de joie et de richesse. Cela prend racine dans le saltimbanque que je suis, qui a rencontré l'outil le plus formidable pour montrer, offrir, partager, suggérer, informer : la télévision sous toutes ses formes!

Ce qui peut étonner chez les hommes de télévision, je veux dire chez ceux qui créent, qui imaginent, qui construisent dans l'éphémère, c'est qu'il n'y a jamais de premier et qu'il n'y a pas de dernier. Pour eux, nul podium et c'est très bien ainsi. Ce ne sont pas ceux qui apportent le plus qui travaillent le plus : simplement, ils jouissent en créant pour les autres.

Pout tenter de faire partager le bonheur secret que nous éprouvons, voici une histoire véridique :

A Paris, sous le fracas du métro aérien, sur un banc public, un créateur, seul, avachi, pleurait. Un confrère compatissant, et qui passait, aperçut cette détresse et quoi qu'il ne fût pas de ses amis, se dirigea vers lui :

– Qu'est-ce qu'il y a, mon vieux? Tu as des pépins? Est-ce que je peux...

– Ça y est! Ça y est! C'est toujours pareil! J'étais heureux, je pleurais tranquillement et il faut que vienne un connard pour casser mon bonheur!

Seuls les fous de création sensibles à leur vision interne parviennent ainsi à l'extase grâce à des larmes qui, pour d'autres, sont, on se demande pourquoi, celles de la douleur.

Élève chez Charles Dulin, homme admirable animé seulement par le théâtre, à la rigueur jamais assouplie, j'ai appris et compris beaucoup de choses. Durant le tournage de *Volpone* sous la direction de Maurice Tourneur, il a tenté de me convaincre que j'étais un piètre comédien. Il avait raison. Il m'a sauvé.

Entre deux prises de vues, il m'a dit :

– Tu es mauvais, très mauvais. Tu serais une épave dans ce métier. Depuis quelques jours, je te regarde. Tu t'intéresses aux décors, aux changements d'objectifs, à la lumière, aux mouvements d'appareils, au maquillage. On te voit même à la projection des rushes où tu n'as strictement rien à faire. Tu sais, quand on est mauvais devant une caméra, ce n'est pas honteux de passer derrière. Pour toi, en tout cas, ça vaudra certainement mieux.

Je n'en crus rien, tant j'étais déçu. Plus tard, lors d'une répétition au théâtre de l'Atelier, il m'a gratifié d'une formidable leçon :

– Regarde petit, regarde la salle, regarde-la bien. (Elle était totalement vide.) Si tu as quelque chose à dire, commence par la remplir, car personne n'est jamais parvenu à convaincre des fauteuils!

Inoubliable vérité! Aussi, ai-je toujours tenté, grâce aux émetteurs, de remplir la plus grande salle de France.

Les paysans de l'électronique

Lorsque j'étais directeur de chaîne, un bruit courait à l'O.R.T.F., disant que, seul, je savais établir une grille de programme bien reçue par les spectateurs. Certains disaient : « Dans un 110 mètres haies, Sabbagh gagne toujours, car il court à côté des haies. » D'autres clamaient : « Avec des émissions discutables, il parvient à faire un bon programme. »

Tout cela est faux, mais recèle une part de vérité. Je pouvais faire des programmes construits et cohérents, car je m'étais constitué une équipe à toute épreuve. Équipe, qu'il faut écrire non avec un E majuscule, mais totalement en majuscules. Une équipe soudée, dure au mal, prête à tout, capable d'innovations, d'autodéfense et de générosité. Une équipe de professionnels. Une équipe qui m'acceptait, me suivait et m'appuyait, même dans mes pires folies.

Le deuxième élément qui transforme ces excès en quelques vérités, c'est que je crois au goutte à goutte, au système répétitif. « N'est-ce pas bon? Alors, reprenez-en. » Des étapes progressives sont nécessaires avant de comprendre, d'aimer et de désirer les moyens et les formes d'expression du spectacle.

Je considérais mon équipe comme un orchestre, et moi comme le chef. Le chef seul sur son cube, visible et paré à prendre les coups. Cela m'arrangeait. Car je considère que la programmation est l'art d'un homme seul, d'un homme imparfait, dont les erreurs peuvent devenir succès. C'est l'art de savoir parler aux femmes et aux hommes par programme interposé. Merveilleux plaisir, qui dépend de la ligne de force choisie, provocante, solide, souriante, nouvelle, narquoise, attendue, mais jamais bêtifiante ou déjà vue. Elle exige l'amour du public. Il faut le sentir, et le respecter.

Pour faire face, on doit être responsable du choix et de l'ordre de diffusion, mais aussi, pour que l'orchestre joue juste, il faut maîtriser le contenu des émissions, leur but, leurs moyens, leurs styles et leur finalité. Il faut vouloir et pouvoir déplacer les masses budgétaires, choisir des hommes, créer un climat de confiance, de sécurité, discuter les idées, refuser, accepter, se dépasser sans tenir compte des modes, des courtisans et du pouvoir. Il ne faut gâcher ni la paille ni le grain.

Je crois obligatoire de programmer à très longue distance, ne serait-ce que pour respecter les temps de fabrication. Dix-huit mois me paraissent indispensables. Bien entendu, en revenant « en crabe » vers le jour vécu. On programme pour soi à échéance de dix-huit mois, pour son équipe à trois mois, et pour la presse, donc pour le spectateur, à un mois. En conservant dans la grille de programme portails et chatières pour laisser passer ce que personne ne peut prévoir.

Hors les fêtes républicaines et carillonnées, il faut faire face à la sécheresse et aux inondations, à la mort d'un chef d'État, à un formidable tremblement de terre, à l'augmentation du prix du pétrole, à un soleil d'hiver inattendu, au réveil de l'Islam, à la guerre ici ou là, à la qualification de l'équipe de France pour la phase finale, aux équinoxes, ou pourquoi pas? à des élections anticipées. Éléments qui vont changer le pouvoir réceptif des spectateurs de la chaîne.

Pour moi dans une ligne de programme de télévision, chaque émission est un mot, chaque journée une phrase, chaque semaine un chapitre, chaque mois un livre. Chaque trimestre doit avoir quelque chose à offrir, en fonction de *ce* trimestre, de *cette* année, avec *ce* climat, aux femmes et aux hommes de *ce* pays. Que pourrait-on attendre d'une maison sans maître, d'une année sans fêtes, d'un pays sans souvenir? On peut alors entrer en vibration avec l'audience. Si l'on y parvient, c'est la *fête*. On a la joie d'avoir été reçu. Tel est le bonheur. Y suis-je parvenu?... Vous seul le savez!

A des moments précis, j'ai pris la responsabilité de porter à l'antenne : *Les Rois maudits, Les Gens de Mogador, Le Pain noir* (que j'avais confié à Serge Moati, réalisateur âgé de vingt-quatre ans), *Jaquou le Croquant, Ardéchois cœur fidèle, Molière pour rire et pour pleurer* (pensant que faire connaître l'homme permettrait à chacun de mieux l'apprécier), les *Maigret, Les Rosenberg,* mais également *La Demoiselle d'Avignon,* car il faut aussi permettre à l'amour de triompher, *Les Cinq Dernières Minutes, Les Misérables,* et l'*École des femmes* avec Bernard Blier parrainant Isabelle Adjani avant ses débuts à la Comédie-Française.

Et puis aussi *La Dynastie des Forsyte,* que j'ai vue en projection le 1er novembre 1970 (oui, c'était un jour férié. J'avais le temps!) La projection a commencé à 9 heures du matin, sans interruption jusqu'à 18 heures. On m'alimentait en sandwiches et en whisky. La seule copie disponible était doublée en suédois. Derrière moi, dans la salle vide, deux charmantes femmes me traduisaient alternativement et approximativement dans un français presque acceptable, le dialogue, en tentant de cerner l'action.

Depuis 13 heures, j'étais certain de tenir le grand truc, le très bon programme. Britannique, mais accessible à tous. Je le voulais. Il allait falloir me battre, mais je l'aurai. Quand je pense que la presse a dit, lors de la diffusion, que j'avais cassé ma tirelire, et que la direction générale avait dû renflouer mon budget! J'ai ri, car j'ai fait une très bonne affaire.

Il fallait aussi créer d'autres rendez-vous, en inventant le Ciné-club, en programmant cinquante-deux émissions musicales pour l'année Beethoven, en établissant un calendrier rigide et respecté pour « Alain Decaux raconte »; offrir l'antenne six samedis de suite à André Malraux, pour la « Légende du siècle »; présenter Brigitte Bardot dans le cadre d'une émission d'habitude réservée aux hommes politiques; ouvrir l'antenne à 5 heures du matin pour permettre en direct la transmission des jeux Olympiques de Sapporo (d'ailleurs, personne n'a regardé, mais les radios et la presse m'ont fait une campagne de promotion formidable; je leur rendais service, ils renvoyaient l'ascenseur); faire une table ronde avec le shah d'Iran, dans son palais de Téhéran; obtenir les droits de Jean d'Ormesson pour *Au plaisir de Dieu* et de Jules Roy pour *Les Chevaux du soleil;* convaincre Jean Anouilh d'écrire pour l'antenne (après trois semaines de conversations, j'ai échoué); demander à Claude Autant-Lara de nous apporter son talent; diffuser une semaine après la mort d'Henry de Montherlant, trois heures que nous aurions pu titrer « Henry de Montherlant se raconte »; créer des cycles : Gabin, John Ford, Bourvil, Marcel Pagnol, Hitchcock, Renoir, Raimu, Eisenstein, Fritz Lang, et tant d'autres...

Mettre face à face, en direct, au cours d'un « Dossier de l'écran » programmé tout de suite après les jeux Olympiques sanglants de Munich, des Palestiniens, des Israéliens, et des Allemands. Je n'ai jamais vu, sur un plateau de télévision, autant de personnes qui semblaient n'avoir rien à faire, et possédaient comme dénominateur commun, des poches bizarrement gonflées et, pour certains, un étui à violon extrêmement lourd sous le bras.

Pour me donner le moral, le commissaire divisionnaire chargé de la sécurité m'avait dit, avant le début de l'émission :

– Vous êtes cinglé, un commando palestinien a débarqué avant-hier à Paris. Il nous a filé entre les doigts. Vous faites de la provocation! Rendez-vous compte, en direct, c'est une occasion rêvée!

Ce soir-là, seuls les mots ont cherché à blesser, peut-être à tuer. Mais nous, nous avions réussi à les rassembler, devant toute la France. Tant que les hommes parlent, on peut espérer.

Ce furent des émissions dramatiques de bonne facture, qui apportaient : *Les Eaux mêlées, Le Sagouin, La Mare au diable, Les Boussardel, Les Fossés de Vincennes, L'homme qui rit.* Il ne riait pas autant que les Français qui suivaient « Intervilles », ou les enfants qui regardaient le festival Tex Avery! C'était « La ronde de l'Art », emmenée par Salvador Dali, Le Gréco, Matisse, Goya, Vasarely, Modigliani, Van Gogh, et, chaque jour, « Aujourd'hui Madame », où on se promenait de l'orientation scolaire, à la littérature en passant par l'allergie, la délinquance juvénile et la frigidité.

Tentatives d'essai transformé pour mettre de nouveaux visages, de nouveaux talents, de nouvelles façons de voir à l'antenne. Philippe Bouvard, Guy Béart, Jacques Martin face à la création de feuilletons et séries : *Arsène Lupin, Les Brigades du Tigre, Vidocq, Les Impressionnistes, L'Orchestre rouge, Léonard de Vinci, L'Odysée du commandant Cousteau,* précédée par « Des chiffres et des lettres » qui ont passionné le pays, comme tant d'autres émissions qui, mêlées à des échecs riches d'enseignements, forment mon jardin secret.

Chaque émission diffusée et reçue a été pour moi une histoire d'amour, avec chaque fois de deux à quinze millions de spectateurs qui étaient très différents de moi. Lorsque nos cœurs battaient au même rythme, lorsqu'on se rencontrait aux creux des ondes, là où c'est le plus chaud, grâce à l'électronique, on se parlait. C'était vraiment le bonheur.

Les rapports de notre équipe se fondaient sur l'amitié, la chaleur, la confiance. L'esprit professionnel qui nous animait, ressemblait à celui qui existe, paraît-il, au sein d'un gang. Chacun avait la mission de remplacer l'absent, le malade ou le défaillant, à chaque instant.

Mes compagnons pensaient comme moi. Je leur avais dit :

– Je veux ceux qui savent faire des émissions, mais aussi et surtout, ceux qui sentent le public auquel il faut donner toute son âme, toutes ses forces, toutes ses ruses, toute son intelligence, tout son temps, toute son imagination. Et cela, pour le plaisir. Il faut être, avec moi, les ouvriers qui, à l'usine de l'illusion, forgeront la télévision.

Ils ont accepté. Ils s'appelaient : Jean-Michel Hepp, il avait, malgré son air sévère, la charge des ris et des jeux, des variétés et des chansons. Louis Mollion couvait avec amour les sciences humaines, techniques et scientifiques. Jean Leclerc administrait tout, alignant budget et colonnes de chiffres, selon les nécessités du talent et de l'objectif. Claude Désiré animait l'énorme département de la fiction française, feuilletons et émissions dramatiques. Il s'est bien battu. Joseph Choupin était responsable des sports. Fort de ses connaissances techniques, il me remplaçait fréquemment dans les régies, cars, cabines, magnétoscopes, studios, salles de montage, laboratoires, centre nodal, régie finale, etc. Jeanine Thiers, adjointe de Jean Leclerc, avait, de surcroît, la difficile mission de contrôler et d'animer les émissions faites par les équipes des Buttes-Chaumont. Yves Berger s'occupait des émissions de littérature, d'art plastique et de musique. François Perrier avait la lourde charge de la presse. Roger Debouzy, tête froide et claire, avait accepté de régler les affaires administratives, politiques, d'étiquette, de courrier, de bilans, etc.

Jean Lefèvre, lui, était responsable de l'ensemble de l'information. Il était assisté par trois solides joyeux, prêts à toutes les tempêtes : Jean-Claude Héberlé, rédacteur en chef, Jean-Pierre Elkabbach et Jean-Marie Cavada, rédacteurs en chef adjoint. Pour les achats de films et de feuilletons, je m'étais appuyé sur Jean-José Marchand et Patrick Brion. Michel Souchon, notre psycho-sociologue, l'homme des sondages, des conseils, des graphiques et des interprétations, nous conseillait.

On m'avait permis de les choisir. C'étaient les meilleurs. Ils assuraient le relais permanent, vivant, habité, avec un monde dont les jalons étaient les producteurs et les auteurs, les réalisateurs et les ingénieurs, les journalistes et les financiers, les amis et les ennemis, ceux du dehors et ceux avec qui on mange la soupe, les indifférents et les passionnés, les méprisants et les politiques. Cela faisait beaucoup de monde. Sans mon équipe, je n'aurais jamais rien fait. Car si je me sens capable de parler à dix hommes, si je me sens capable de les convaincre, de leur faire épouser ma passion, je me sens incapable d'en faire autant avec une troupe. Mais, si chacun d'eux en parle à dix, et si chacun des dix...

Ainsi fut fait. Ils ont travaillé comme des paysans de l'électronique, de l'étoile qui s'éteint à l'étoile qui s'allume, pour que l'antenne, chaque jour, soit tournée vers le public, avec franchise, honnêteté, et clarté.

Cela dura sept ans. Tandis que les heures carillonnaient, j'étais heureux de pouvoir, ainsi, être assis à la table des Français.

L'Arc de Triomphe

J'ai toujours été à la recherche de la communication de l'émotion à transmettre. Je ne sais pas à quel âge cela m'a pris mais je suis sûr que le langage destiné à tous m'est apparu un jour de novembre 1933, exactement le 11 novembre. Il faisait froid. De gros nuages couvraient Paris. Mon père me dit :

– Viens, Pierre, nous allons voir le défilé.

J'avais envie de jouer à la maison, et je n'étais pas comme mon frère, pour qui « la chose militaire » primait. Pour une raison qui m'échappait, mon père ne voulait pas être seul. Il souhaitait partager quoi?

Nous sommes sortis du métro à la station Étoile. La foule se répandait partout. Nous étions en avance. Mon père parvint à nous glisser au bord du trottoir. C'est alors que je vis un gigantesque drapeau tricolore, accroché à la voûte de l'Arc de Triomphe, qui descendait jusqu'à la dalle du Soldat inconnu. L'orage menaçait Paris. Le vent soufflait en rafale. Et, soudain, derrière l'immense drapeau, sur ce que l'Arc de Triomphe nous laissait voir comme ciel, poussant une mer de nuages noirs, le soleil apparut, nimbant le drapeau en contre-jour. Immédiatement, en réponse à ce décor admirable, une pluie brutale, violente, glacée, poussée par les bourrasques, s'abattit sur nous.

La foule réagit par des mouvements brusques et contradictoires. Mon père me saisit la main. Alors que nous partions en courant, il s'écria :

– Viens vite! On va prendre un taxi.

Un taxi? La folie, le luxe! A la maison, papa me dit :

– Je vais peindre ce que nous avons vu, pour tenter de retrouver notre émotion.

Je pénétrai avec lui dans son atelier, m'assis sur le fauteuil de repos des modèles, et suivis son travail. Il avait dit : « Notre émotion. » J'étais flatté.

Tandis que les nuages s'amoncelaient sur la toile, que le rouge et le blanc claquaient et que *La Marseillaise* de Rude semblait chanter plus fort, je ne retrouvai pas mon émotion mais seulement une image. Était-ce le reflet de l'émotion du peintre? Le peintre était mon père. J'aurais dû...

Je partis dans ma chambre et me couchai sur mon lit, avec l'intention de regarder le plafond. J'ai toujours adoré les plafonds, unis, blancs ou moins blancs, et même un peu craquelés. Un plafond, ami ou inconnu, me sert de révélateur. J'y vois ce que je recherche ou ce que je crois chercher, ce que je souhaite ou ce que je crains. Il arrive même que les images qui se forment confortent mes souhaits. Ce que j'y ai aperçu, ce jour-là, nul ne le saura jamais, mais au cours du dîner, je proclamai avec l'autorité d'un général sur le front de ses troupes :

– Je sais ce que je ferai dans la vie. Je serai metteur en scène de manifestations publiques :

Mon père répondit :

– Pierre, ça n'existe pas. Ce n'est pas un métier.

– Alors ça existera, j'en ferai une profession. Ce sera la mienne.

On a bien ri ce soir-là, autour de la table, des boutades du petit.

Pour la télévision française, j'ai réalisé environ dix reportages du 11 Novembre, vingt et un reportages du 14 Juillet, et environ une quinzaine de reportages directs à l'Arc de Triomphe avec le drapeau géant qui se déploie en ondulant de la voûte de l'Arc de Triomphe à la dalle du Soldat inconnu. Chaque fois, j'en éprouve une grande joie. Me voici de nouveau enfant et, comme mon père sur sa toile, je recherche l'émotion, une émotion que je propose à tout un pays.

Cocorico!

Les directions successives de la télévision française ont toujours pensé à moi lorsque la route de la communication télévisée était glissante, les virages mal relevés, ou le revêtement en mauvais état. Ce genre de demandes peut présenter un aspect honorifique, mais lorsqu'on accepte la responsabilité de ce type d'émissions en direct, il faut savoir que l'on pénètre dans un monde où le mot « remords » n'a pas de sens, et où, à la sortie, on ne vous tendra la main que si vous avez réussi. C'est la roulette russe, accompagnée de la phrase : « Bien entendu, vous n'êtes pas obligé d'accepter. » Hypocritement, j'ai toujours répondu :

– J'espérais tellement que l'on ferait appel à moi en pensant : « C'est ça, ou le cul-de-basse-fosse! »

Au cours des années, je me suis vu combler par l'attribution d'un nombre considérable d' « émissions spéciales », pour lesquelles j'étais soit responsable, soit producteur, soit réalisateur, soit présentateur, ou le tout à la fois. Pour être honnête, j'adorais ce genre d'exercice à deux faces, l'une blanche, l'autre noire. Si la réussite est totale, on en parle peu. Par contre, l'échec prend un visage d'enterrement, et alimente les gazettes.

En octobre 1960, j'étais conseiller technique du directeur général et, par là même, chargé de la direction de l'actualité télévisée. J'ai dû lui envoyer la note suivante :

« Je m'excuse de vous adresser si tardivement les quelques lignes que vous m'avez demandées mais croyez bien que seule la nouvelle organisation du *Journal télévisé* en est la cause. Mon propos tient en peu de mots. Le *Journal télévisé* sert à tout et à tous. Devant cette poussée, nous sommes sans défense. Tout travail sérieux est impossible. Tout effet de réformes est illusoire. Tout ce qui en France a un pouvoir ou un semblant de pouvoir à quelque échelon que ce soit, se reconnaît le droit de faire passer quelque chose ou quelqu'un au *Journal télévisé*.

La vanité des ayants droit ou se prétendant tels, et qui s'exerçait récemment encore sur la presse et la radio, est désormais axée sur la seule télévision et particulièrement sur le *Journal télévisé*. La progression est normale. Je dirai plus, est humaine.

a) avoir sa photo dans le journal = 500 000 lecteurs;
b) parler à la radio = 8 millions d'auditeurs;
c) passer à la télévision en muet = 5 millions de téléspectateurs;
d) le summum. Passer à la télévision en sonore = 5 millions d'auditeurs et de téléspectateurs.

Actuellement, sous cette invasion, le *Journal télévisé* est d'avance composé à 60 p. 100. Nous ne faisons pas le métier défini par la loi de 1935, mais nous réagissons comme une machine plus ou moins bien graissée.

Dois-je ajouter, Monsieur de Directeur général, pour terminer, que cet ensemble insoutenable se trouve à la portée de tout ce qui touche de près ou de loin la publicité sous toutes ses formes, y compris les moins avouables? En résumé, il est impossible de faire un *Journal télévisé* car on cherche à faire plaisir à quelques-uns aux dépens du spectacle de télévision qui semble être le cadet des soucis.

En conclusion : qu'ai-je à faire dans cette galère qui fait eau de toutes parts et dont je n'ai jamais eu le gouvernail en main?

Signé : Le Conseiller technique du Directeur général,
chargé de l'Actualité télévisée,

PIERRE SABBAGH. »

C'est dans cet état d'esprit que je me suis battu pour : la transmission qui devait devenir plus tard la première Eurovision, les émissions spéciales sur la rupture du barrage de Fréjus, afin de provoquer dans le pays un mouvement de solidarité. Résultat : sept milliards de francs de l'époque. La première traversée de l'Atlantique Nord du paquebot *France*, accompagnée par une tempête dont beaucoup se souviennent. Les revues navales des présidents de Gaulle, Pompidou, Giscard d'Estaing; les premières transmissions directes des : Tour de France, Coupe Davis, Six Jours cyclistes de Paris, Nuits de l'armée, tournoi des Cinq Nations, Championnat du monde cycliste, etc; les appels en faveur du Biafra, de la recherche médicale, des handicapés physiques et mentaux, du cancer. Au point qu'on m'avait surnommé : « La petite sœur des pauvres de la télé. » Certains camarades avaient même piqué à l'atelier des costumes une cornette, qu'un matin j'avais découverte sur mon bureau, à côté de la véritable casquette à cocarde du chauffeur du président de la République! Les obsèques nationales du général de Gaulle transmises en direct et en Mondovision, avec tous les pays de la planète en remorque, parmi lesquels on pouvait distinguer les Américains réclamant toujours des moyens supplémentaires – au besoin aux dépens des autres – et les Japonais venant me voir toutes les trente minutes pour me gratifier de courbettes souriantes, que je traduisais par : « Tokyo est très content et vous remercie beaucoup. » Les transmissions en direct des visites en France de Nikita Khouchtchev, du président Eisenhower, de la reine Élisabeth II, du chancelier Adenauer, et de bien d'autres; l'hommage posthume à André Malraux; la célébration du trentième anniversaire de l'Armistice à Mourmelon sur le terrain d'entraînement des chars, en pleine nature. Pas de route d'accès, pas un kilowatt disponible, mais 7 000 hommes et 250 chars, le tout, en pleine nuit! La première transmission directe au-delà du rideau de fer (Prague); les premières émissions directes de la télévision française de Moscou, lors de l'exposition française; l'élection du président René Coty à Versailles devant les deux assemblées; la transmission de l'alunissage des premiers hommes. En direct, les campagnes électorales de 1981, avec leurs conséquences.

Et beaucoup d'autres, de styles, de poids et d'importance variables. Chaque fois, j'acceptais. Je me lançais un défi comme le cavalier qui, en jumping, devant la double barrière, dit à sa monture : « Et celle-ci, tu vas la sauter? » Apprentissage plein de risques, qui permet d'oublier le quotidien, en me forçant à tout essayer, à tout remettre en question, y compris moi-même. Ce genre de sport ne rapporte aucun trophée, le salaire étant plafonné au strict barême, assorti de l'expression « à charge d'emploi ». Les horaires ne respectant ni les règlements ni les rythmes solaires, les contraintes sont impensables. Et, pourtant, ce n'était ni vocation ni sacerdoce. Juste un métier que j'aime, une rage, une provocation, un jeu où il fallait à chaque fois placer la mise sur le numéro plein, en entraînant dans ce qui ne peut être que la victoire, un nombre important de collaborateurs. C'était en ces circonstances que se soudait l'amitié, à travers la puissance de « l'équipe ». Les ingénieurs et techniciens, poussés dans leurs derniers retranchements, répondaient : « Oui, on va tenter, mais il faudra que tu... » Ils aimaient ces positions inconfortables, accompagnées de nuits sans sommeil, car ils se prouvaient à eux-mêmes que leurs travaux étaient créatifs, et qu'ils étaient au service du public, à l'opposé du ronron et de la routine. Chaque fois, les gens de « la vidéo mobile », de « la prise de vues », des « relais centimétriques [1] », de « la prise de son », des « régies finales [2] », des « émetteurs » faisaient des miracles.

Je n'ai connu de serre-freins que parmi les financiers et les administratifs, groupés sous la bannière des « on ne pourra pas, ou... ça ne passera pas ». Attitude normale, car ils étaient là pour faire un métier nécessaire, difficile et ingrat. Mais il faut

1. Les relais centimétriques sont des relais qui tranmettent des images *ou* des sons, des images *et* des sons, de point à point. Ils ne peuvent pas être captés par les téléspectateurs car la fréquence est extrêmement courte, de l'ordre du centimètre. D'où l'appellation.

2. Lieu essentiel aux techniciens qui reçoivent les images et les sons tous azimuts. Ils les remettent en ordre pour composer la mosaïque du programme qu'ils proviennent du studio d'à côté ou du bout du monde.

dire qu'avec eux, « On a pu, et c'est passé ». Grâce à cet état d'esprit, on a cassé les studios, le confort, l'habitude, le déjà vu. La télévision a nié le mot « ennui », remplacé le mot « satisfaction » par le mot « vidéo », et le mot « vivant » par le mot « direct ». Il y avait pour chacun une formidable récompense, celle de pouvoir lancer sur les émetteurs hertziens un appel : « venez avec nous! » « Nous vous avons réservé un fauteuil privilégié, vous allez pouvoir assister à... » Jeu épuisant, joué en terrain fraternel.

Un des plus gros morceaux fut sans doute pour moi la première Mondovision. Cette reponsabilité m'avait été confiée par l'admirable Albert Ollivier, alors directeur des programmes de la télévision. Cette charge m'a valu une distinction... non pas française, italienne! Le prix Guglielmo Marconi a été remis par le gouvernement italien, en grandes pompes et en Étrurie, aux trois responsables des émissions, un Américain, un Anglais, un Français. Et comme me l'a dit le ministre italien en me le remettant :

– C'est presque le prix Nobel de la première télévision spatiale.

L'histoire a retenu la date du 23 juillet 1962, mais ce n'était pas la première Mondovision. Depuis mars 1962, je travaillais sur cette affaire qui allait devenir un événement international, conception, évaluation, prévisions : de prises de vues, de prises de son original, de points de commentaires dans les différentes langues, de documentation, de traductions simultanées, de solutions de remplacement en cas de rupture de faisceaux, d'énergie, de synchronisation, de schémas, d'inter-connections, de trappes de passage pour les transformations de définition. Choix des réalisateurs, des commentateurs, des cameramen. Précisions horaires pour les points de réception au sol, Bretagne et Cornouailles. Établissement des climats à créer en fonction des émissions françaises, face aux autres pays d'Europe, et en opposition avec les productions des États-Unis.

Les réunions internationales m'ont fait monter la moutarde au nez, car dans la myriade de pays que nous représentions (du cercle arctique au désert de Kalahari, du Pacifique à l'Oural), il y avait deux groupes : les patrons à vocables anglo-saxons (États-Unis, Grande-Bretagne), et les autres, dont la France.

Première réaction de mauvaise humeur de ma part, j'ai exigé que le français soit considéré comme langue internationale, non seulement pour le compte rendu des réunions, mais surtout pour le réseau d'ordres qui était destiné à faire sauter l'antenne de Copenhague à Vienne, en passant par Rome, Alger, Paris, Glasgow, Berlin, Bruxelles, Stockholm, réseau d'ordres auquel seuls les responsables avaient accès, pour pouvoir, en cas de problème, réagir au niveau national, très vite, et ce au profit de tous, car tous vivaient du même signal.

Ce fut très difficile, mais après des heures de tentatives inutiles pour sodomiser les moustiques en plein vol, j'obtins satisfaction. Ma mauvaise humeur n'était pas apaisée, car une question me battait les tempes : pourquoi la première Mondovision devait-elle porter une étiquette anglo-américaine? Réponse : « Parce que! »

Alors, le galopin se réveilla en moi, et décida tranquillement que la première Mondovision serait française. Cocorico! C'est amusant à dire en se regardant dans une glace, mais comment y parvenir? Sans appui, sans argent, sans décision « d'en haut ». Et puis, à quel titre, et de quel droit? Si j'en parle, ce sera « pan sur le bec, et mêlez-vous des travaux dont vous êtes chargé ».

Je n'ai rien dit à personne. J'ai seulement, en tentant de ressembler, autant que faire se pouvait, au petit garçon qui pleure aux enterrements, proposé aux télévisions américaines (ABC, CBS, NBC) de leur transmettre deux jours avant, donc le 21 juillet, « une émission d'essai pour tester les points de réception au sol du satellite dans le sens Europe-Amérique ». Puisqu'elles n'avaient qu'à recevoir, ce fut « OK ».

Je demandais alors à Lucien Gavinet, un réalisateur très sûr, solide et discret, de me bâtir une émission de trente minutes composée de chansons d'Yves Montand (qui revenait des États-Unis et qui était apprécié de l'audience américaine), et d'un « pas de deux » par l'Opéra de Paris.

Je proposais le tout au ministre des P.T.T., Jacques Marette, patron de la station de *tracking* du satellite mobile à Pleumeur-Baudou. Devant son active compréhension, je lui demandais d'enregistrer, pour les Américains, une présentation en anglais. A ma surprise, il accepta.

Le samedi 21 juillet 1962 eut lieu la première Mondovision, car les Américains qui n'attendaient que mires de fréquences, mille périodes et signaux carrés, furent tellement étonnés, qu'ils nous arrêtèrent et nous demandèrent de recommencer. « Demander, c'est obtenir. » Et l'émission complète passa *on the air*, à l'étonnement des téléspectateurs américains, car il n'y avait pas eu de publicité préalable.

Le lundi 23 juillet, la presse britannique titrait : « Il y a en France un pirate des ondes. » Cocorico!

Le choix

L'ensemble des problèmes qui se présentent à un homme au cours d'une vie, dépend du moment où s'établit son choix; le moment, et l'angle sous lequel on scrute le phénomène suggéré, rencontré ou à découvrir.

Mon choix se fit en 1946. A cette époque, tout en accomplissant mon travail dc radio-reporter, je cherchais quelque chose après une atmosphère de lendemain de fête. La guerre était finie. Il fallait balayer devant la porte. Nous étions libres. Nous pouvions enfin choisir. Après une parenthèse de sept ans, il fallait prendre un départ, vers le neuf et le concret.

La télévision, j'en gardais en mémoire une image que mon père m'avait montrée, vers 1933, dans une exposition technique au Petit Palais. La caméra là-bas, l'image ici! S'y ajoutait ce que l'armée allemande avait laissé rue Cognacq-Jay : caméras grises et sinistres, studio en forme de *Soldatenkino*, matériel cinéma 35 mm, une régie, un émetteur, et un enthousiasme fou, autour de Jacques Armand et de Gilles Margaritis, qui tentaient de donner vie à l'ensemble.

Le *Journal télévisé* me semblait être un besoin. Je voyais déjà la France couverte d'émetteurs. J'imaginais un récepteur dans chaque foyer, qui montrerait un journal, transmettant les activités de la journée des hommes ce jour-là. Pour passer du rêve à la réalité, il fallait construire.

Le directeur de l'information radiodiffusée était alors Vital Gayman. Un très bon journaliste, rigoureux et précis, ce qui était nécessaire avec cette bande de joyeux drilles au milieu desquels se trouvaient : Claude Darget, Georges de Caunes, Jacques Sallebert, Pierre Dumayet, Raymond Marcillac, Maurice Seveno, Michel Droit, Georges Briquet, Madeleine Blomet, Pierre Desgraupes, Loïs Van Lee, Lise Elina, Pierre Crenesse, Michel Robida, et d'autres, qui n'ont pas bifurqué vers la télévision.

Mon projet passait par Vital Gayman :

– Je suis venu te voir, parce que je voudrais prendre un congé. J'ai des jours à récupérer.

– Du repos, des vacances, il n'y a pas que ça dans la vie!

– Ce n'est pas pour prendre des vacances... Je voudrais que tu me trouves un bureau, – un placard, où je serais seul, avec un pli de tous les *printings* de toutes les agences, et chaque jour les quotidiens, les hebdos. – Je veux prendre mon congé, pendant deux semaines, au bureau!

Sa tête faisait plaisir à voir : le maître d'école en face d'un élève demeuré.

– J'ai toujours pensé que tu marchais souvent à côté de tes pompes mais là, quand même! Puis-je te demander ce que tu vas foutre tout seul, dans ton placard, avec tout ça? Si je te l'accorde?

– La maquette d'un journal télévisé.

– Ça existe déjà quelque part, ça?

– Je n'en sais rien, ça m'est indifférent. Nous en avons besoin, ici, chez nous, parce que...

J'avais ouvert les vannes et, submergé, une demi-heure après, il me dit :

– D'accord, tu auras deux semaines ici, sans travail pour l'antenne, mais après... je veux absolument voir ton torchon en forme de maquette.

Pendant ces deux semaines, dans ma retraite qui sentait la poussière, j'ai beaucoup travaillé et mis sur le papier, en vrac, tout et le reste. C'était dans le genre : *Boum à Washington* – vérification de l'information, du lieu, décalage horaire. Le tournage a-t-il été fait? Par qui? L'achat est-il possible? Transport à l'aéroport le plus proche. Douane spéciale pour pellicule non développée. Peut-on monter la boîte sur l'avion passagers le plus rapide? (à l'époque, avion à hélice). Passage en douane spéciale au Bourget. Développement (35 mm négatif), tirage, montage négatif, copie, mixage, sonorisation, commentaire. Pendant ce temps, l'information restait-elle valable? L'image apportait-elle quelque chose? Serions-nous en retard? Le cinéma, je connaissais, un peu, la vidéo direct. Il faudrait, le plus vite possible, envoyer des caméras vidéo directe sur les événements.

En attendant, quelle sera la forme de notre discours? Je regardais mes notes :

a) Le témoignage

Le fait brutal, précis, abrupt dans son contour, mais flou dans son contenu. – Le spectateur voudra-t-il, – saura-t-il trier? Rien n'est moins objectif qu'un télé-objectif. L'émotion du moment n'est pas forcément la bonne. La caméra n'a pas d'oreille, je veux dire de micro.

b) La légende

Tournage cinéma plus riche, en longueur, avec gros plan, montage plus élaboré conduisant à un langage image donnant au spectateur ce qu'il croit souhaiter, enrichi de ce que nous avons à dire. C'est la forme la plus attendue, car on est toujours gagnant en racontant en images vraies une histoire que le spectateur croit connaître.

c) Le journalisme pur

La technique nous retarde, les distances nous pénalisent, alors, le plat réchauffé entouré de légumes frais. Un film rapidement traité : « Voilà ce qui s'est passé, mais depuis, – nous pouvons vous indiquer... Un flash de dernière minute nous apprend que... » Les intellectuels seront séduits.

d) L'analyse

Alors là, imbattables, difficile au rythme quotidien mais royale pour l'hebdo. On renverse tout, et on part à l'envers, le verbe impérial est illustré par l'image animée, plus photos, cinémathèque, graphismes, rafraîchis par des tournages récents. Avec cette forme, on finira par être en avance.

e) Formule à exclure

Rien à montrer, tout à dire : jamais! C'est de la radio. Nous n'en ferons pas. Seule l'image doit avoir droit de cité.

L'usage nous a prouvé que les quatre premières formes pouvaient être conservées, avec affinage dû à l'usage et aux progrès techniques très rapides; par contre, la cinquième forme fut trahie dès 1954, mais en laissant, à l'époque, 85 p. 100 d'antenne à l'image.

Mon projet comportait une variété de rubriques possibles et imaginables quotidiennes et magazines. Tout y est passé : le Conseil des ministres et les matches de boxe, le catch et l'agriculture, le théâtre et les prix littéraires, le cours des halles et la coupe de France de football, la couture, le bricolage, le temps passé, les cours de la Bourse. La facilité, je veux dire l'interview, était bannie. Le son photographique ou magnétique en synchronisme avec l'image n'existait pas à l'époque. Il nous fallait du matériel léger. Je choisis le format d'amateur de l'époque : le 16 mm noir et blanc avec film inversible, ce qui a conduit les gens sérieux à ne pas nous prendre au sérieux. (C'est fou ce que cela a pu nous aider!) J'ajoutais un zest de budget approximatif, accompagné d'une liste de journalistes, techniciens et cameramen, et terminait, dans le genre « grâce à cet effort créatif, la télévision française donnera naissance à une nouvelle forme de presse que le monde entier nous enviera ».

Vital Gayman a bien ri, il m'a dit que j'étais complètement dingue, mais que le projet était intéressant et qu'il fallait qu'il le propulse vers le haut. Ce fut, pendant un an et demi, un projet yoyo. De Gayman au ministre de l'Information, en passant par le directeur général, le chef de cabinet, le conseiller technique, les instances syndicales et Sabbagh qui, à chaque fois, gommait, dissimulait, ravaudait, polissait, rajoutait, et renvoyait vers le haut.

A la fin de 1948, Wladimir Porché, directeur général de la Radiodiffusion française qui, lui, avait depuis longtemps compris le problème et appréciait le projet (Il me l'a dit vingt ans plus tard!) me nomma à la télévision pour tenter de faire un journal télévisé. Je rencontrai dans la rue Michel Wakhevitch, que j'avais connu comme correspondant de guerre cameraman de la presse filmée. Il me dit être au chômage et posséder pour tout bagage une caméra 16 mm. J'avais mon premier reporter cameraman et sa caméra. Le choix était excellent. Lui et moi faisions preuve d'une inconscience propre à faire dcs étincelles. Le second fut Jacques Sallebert que je rencontrai sur les Champs-Élysées. Correspondant de guerre, il revenait de Corée. Dans un état de fureur totale, il me dit qu'il s'était fait « faire aux pattes » par les Chinois, et que Paris n'avait strictement rien fait pour lui. Il allait offrir ses services ailleurs. Je fus cet ailleurs, et lui donnai, à mes côtés, le titre de « rédacteur en chef adjoint ».

Le 29 juin 1949, sûrs de rien, nous étions sur antenne, avec, entre autres, « le reportage en ballon libre », au cours duquel Michel Wakhevitch et moi avons faillis être arrachés à l'amitié naissante de nos quatre mille chers télespectateurs. Nous utilisions déjà un marteau-pilon pour écraser une noisette. Le ballon, gonflé de 1 500 mètres cubes de gaz, et participant à la Coupe Gordon-Bennett avait pris feu sur une ligne à haute tension que nous avions heurtée, à cause des rafales d'un vent méchant. C'était un très bon premier reportage pour un premier journal. La presse de l'époque a été jusqu'à prétendre que j'avais un sens aigu de la promotion. Un journal a écrit que j'avais lancé ma pipe allumée dans la cheminée de gaz, afin de provoquer l'explosion. Hors de la télévision, ça se savait. Nous avions brisé les poteaux de ciment de la ligne de transport d'énergie principale, nous avions arrêté les trains. Plus de courant à Orly, plus de courant dans toute la région. La gendarmerie nous avait priés de fournir au capitaine des explications convaincantes.

Le *Journal télévisé* était lancé. Peu de gens l'avaient vu. Tout le monde en parlait. Nous étions indemnes. Ça doit être ça, la chance. On m'aurait bien fait rire, si on m'avait dit, en ce jour de la Saint-Pierre de 1949, que je venais de créer pour les hommes une forme de presse jusqu'alors inconnue. Désormais, des informations issues de toutes rubriques, de la haute couture à la politique, chevauchant l'éther, allaient pouvoir imposer des images vivantes, apportant la vérité du jour à nos quatre mille spectateurs. Qui aurait pu prévoir que ces témoignages allaient, frappant en aveugles, apporter les images de la vie et de la mort des hommes à vingt millions de spectateurs installés devant des images électroniques en couleurs?

Le rêve n'était pas de saison. Après cette première émission d'un journal télévisé, la presse a jeté un regard vers nous : la presse quotidienne, curieuse; la presse filmée, hostile. Les hebdos, rigolards, titraient : « *Le Journal télévisé*, un vrai western. » D'autres écrivaient : « La bande des durs », « Un chef de commando et une troupe inconsciente », « Des cow-boys mal léchés ». C'était peut-être vrai, mais les récepteurs se vendaient enfin correctement, les constructeurs lançaient les chaînes de fabrication, le public semblait apprécier. Nous n'étions pas décidés à nous arrêter, ou à renâcler devant l'obstacle. Le système D, la volonté d'aboutir nous faisaient tout accepter, tout tenter, tout oser. La première caméra sonore 16 mm à son photographique que nous avons possédée, nous a permis de pénétrer dans le bureau d'un ministre avec une délégation syndicale peu aimable. Personne ne s'était aperçu que nous étions là. Nous étions au cœur de l'actualité.

Le premier tube orthicon, tube à très haute sensibilité permettant des prises de vue, la nuit, dans la rue, venait de traverser l'Atlantique. Henri de France l'accueillit, l'adapta en essai sur une de nos caméras, et ce furent en direct, les premiers « Six Jours de Paris » télévisés. Le cameraman prenait le « jus » sur le capot de la caméra et sur la mise au point. Un spectateur lui a prêté ses gants. L'information avançait.

A la salle de rédaction, sept jours par semaine, pour les quatorze émissions hebdomadaires, on jouait au jeu de « Et si on faisait... »

L'amitié soudait tout, la passion était le moteur, l'âge moyen (vingt-six ans) déclenchait les sourires. Les refus et les échecs permettaient le devenir. Puisque aujourd'hui nous étions passés en arrachant la peinture, peut-être, demain, serions-nous accueillis à bras ouverts, car nous avions remarqué que le désir de paraître ouvrait bien des portes. Un reportage chez Dior nous donnait toutes les maisons de couture. Un flash sur un match de football et le rugby venait à nous. Un reportage chez un ministre nous fermait tous les ministères.

La force colossale qui nous habitait provenait de ce que nous ne nous prenions pas au sérieux. Nous ignorions que nous étions en train de tracer, en nous amusant, un des sillons les plus importants de la télévision. A vrai dire, nous étions malgré tout sérieux. Nous savions ce que nous voulions. Des phrases flottaient, le jargon naissait.

– Heureusement, personne ne peut dire : il n'y a jamais rien de neuf. Donc, si nous le voulons, nous ne manquerons pas de matière première.

Pour gagner, il convient de rapprocher émetteur et récepteur au point de ne former qu'un tout. Pour y parvenir il faut que la communication soit originale, que le récepteur ait confiance dans l'émetteur, que l'émetteur se serve d'un langage destiné à être perçu par tous, que l'émission se présente sous une forme attrayante avec une animation vivante.

Si ces quatre paramètres sont corrects, ils peuvent servir à l'information. Que faire pour les communications culturelles, alibi d'aucuns et refus de beaucoup? Que dire des spectacles sophistiqués? Que penser de la recherche, pour une fois sortie des laboratoires secrets?

Pour être honnête, il faut ajouter que nous étions confortés par les louanges que la presse voulait bien nous décerner tel que *Combat :* « En dehors d'un journal télévisé dont il faudra bien qu'on sache qu'il est la performance journalistique la plus sensationnelle de ce temps. » *Le Figaro :* « Le journal télévisé dans sa forme actuelle est la seule émission qui ne déçoive pour ainsi dire jamais. » *Radio 52 :* « Le reportage télévisé réalisé par Pierre Sabbagh sur la finale de la Coupe de France de football, on ne le dira jamais assez, fut réellement un événement sensationnel. La télévision a maintenant le vent en poupe. » *Ce Matin Le Pays :* « Chaque jour se renouvelle grâce à vingt-trois hommes passionnés de leur métier qui travaillent au chronomètre cette prouesse technique de la presse française : Le Journal télévisé. » *Le Monde :* « Le Journal télévisé qui demeure la meilleure émission de la télévision française vient de créer de nouveaux magazines. » *Les Lettres françaises :* « Le Journal télévisé c'est l'émission qui fait vendre environ 80 p. 100 des récepteurs. »

Le temps a passé. La télévision a grandi. Les spectateurs ont évolué. Le journal télévisé est toujours là : il correspond à un besoin des hommes.

Le Tour de France

Actuellement, avec les satellites, des images de télévision telles celles venues des jeux Olympiques de Los Angeles peuvent grâce aux transmissions directes et différées dans la même journée, atteindre autant de spectateurs que la Chine compte d'habitants adultes. Quelle accélération! Quel pouvoir! Il y a trente-quatre ans, patron de l'information télévisée, je m'étais offert un rêve fou : j'avais décidé, pour nos spectateurs, de jouer sur le numéro plein, de réaliser ce qui n'avait jamais été fait. Transmettre au rythme quotidien toutes les étapes du Tour de France. Ce n'était pas un rêve inepte. Certes, je me faisais plaisir. Mais aussi, et surtout, j'allais révéler ce qu'était vraiment le Tour de France. Qui connaissait vraiment à l'époque cette grande épreuve? Jacques Goddet et quelques officiels, les autres suivant derrière en bouffant de la poussière ou précédant avec des haltes où le boire frais et le manger fin étaient de rigueur.

Je montai mon affaire avec à la base deux motos dotées de suspensions arrière très douces pouvant rouler au pas dans la montagne et foncer à cent cinquante kilomètres à l'heure pour porter la pellicule tournée aux terrains d'aviation ou aux gares repérés à l'avance. Sur les tan-sad de mes deux motos pilotées par des as, je mettais mes deux meilleurs cameramen, Henri Persin et Michel Wakhevitch qui, pour coller à l'événement, devaient prendre tous les risques aussi bien aux passages à niveau fermés qu'aux ravins si jolis sous le soleil. J'avais inventé un code destiné au monteur de film, Jacques Anjubault, afin de l'aider dans sa chronologie et lui permettre de participer à l'émotion. Exemple :

Fausto Coppi, dans le Lautaret, laissait tout le monde sur place. La moto numéro un, en tête de la course, suivait le coureur échappé. Il arrêtait son plan, hélas, à la limite des possibilités du ressort de sa caméra. Après avoir remonté et changé d'objectif, il faisait un plan sur son bracelet-montre et un autre plan sur la plus proche borne kilométrique. Ainsi, à Paris, nous pouvions savoir à l'évidence qui, où et quand. La deuxième moto tournait les images des lâchés du peloton qui tentaient de suivre tant bien que mal Fausto Coppi. Le cameraman faisait quelques images sur sa montre et sur la plus proche borne kilométrique, sans oublier les dossards de ceux qui ne pouvaient pas suivre le rythme. La moto numéro deux accélérait et rejoignait ceux qui tentaient de suivre Coppi, etc. La pellicule noir et blanc était intelligemment impressionnée

A l'étape, notre Jeep, surplus de l'armée – pas belle mais pas chère –, chargée de matériel, de pellicules, de pièces de rechange, en fonction des plans établis, conduisait nos précieuses bobines à l'avion postal ou à la gare qui, si nous étions en retard, se transformaient en motos qui livraient à tombeau ouvert. Les pilotes, les personnels, la police, la poste, tous nous aidaient. Nous développions rue Cognacq-Jay la nuit. Jacques Anjubault attendait sa pellicule en dormant sur un canapé du studio pour une fois merveilleusement silencieux. Grâce aux coups de téléphone de nos équipes, on savait à peu près ce qui émergeait en intérêt, émotion, qualité, métrages, ratages et déceptions. Grâce aux plans de coupe sur bracelets-montres, horloges des églises, panneaux indicateurs et bornes kilométriques, nous étions sûrs de rétablir l'ordre des séquences et de pouvoir placer convenablement les respirations, chutes, échappées, émotions telles qu'elles avaient réellement eu lieu.

Grâce aux motos, à leurs pilotes, aux cameramen acrobates, on pouvait voir pour la première fois le Tour de France avec des descentes qui donnaient le frisson, des échappées en montagne, le « coup de bambou » qui ne pardonnait pas et, dans le peloton, les bonnes rigolades lors de la traversée des Landes et les foules qui, au long des routes, acclamaient follement les géants chacun pendant vingt secondes. Des fous de télévision croyant à demain plantaient sans le savoir les graines du devenir d'un outil qui ne pouvait aller que vers l'homme. C'était merveilleux, agréable, épuisant, et, pour être honnête, il faut aussi ajouter les « coups de gueule » de Pierre Sabbagh, responsable de ces folies. Coups de gueule destinés aux organisateurs du Tour qui n'accordaient pas à nos bonshommes les facilités souhaitées. Coups de gueule aux équipes sur le terrain qui avaient le culot de se dire fatiguées et qui à l'arrivée de l'étape prenaient conscience des dangers qui les guettaient en permanence. Coups de gueule à la R.D.F., dont l'administration qui, elle, ne risquait rien, refusait tout. En dehors du salaire habituel normal, mensuel, j'avais obtenu pour mes bonshommes des frais de mission égaux à ceux des fonctionnaires qui prenaient le train pour aller porter des documents au cabinet d'un préfet dans une ville de province. J'avais essayé d'expliquer à ceux qui me signaient les bordereaux que, sur le Tour de France, lorsqu'on arrivait à l'étape après avoir risqué sa vie, il n'y avait pas de chambres libres ou à quel prix! Que curieusement, ce jour-là, dans la grande banlieue de la ville étape, la petite auberge à bon marché ne payant pas de mine affichait le prix d'un palace. Que les P.T.T. ne faisaient aucun cadeau lorsqu'on arrivait au milieu de la foule attendant un téléphone et une ligne libre. Que le matériel roulant et les caméras, en cas de pépin, devaient être dépannés dans les plus brefs délais. Les prix étaient ce jour-là à la hauteur de la déception du mécano qui n'irait pas voir les géants de la route sur le podium publicitaire de la ville-étape. Etc. Je me heurtais à des murs froids, polis, souriants. Nous étions quand même contents. Ça roulait, les résultats étaient bons, la presse écrite nous tressait des louanges, lorsque... Lorsque le téléphone sonna.

C'était, je m'en souviens encore, à vingt et une heures, le soir de la sixième étape. L'un des deux jokers de notre pari, Henri Persin, hurlait au téléphone. « Tu dis que c'est bon ce qu'on t'envoie. Tu le dis! Mais les casse-plumes, eux, ils ne disent pas.

Ils font. Pour eux le calendrier des P.T.T. et le Tour de France télévisé, c'est pareil! C'est des images et des dates. Ils se foutent de qui? – Si, au lieu de râler, tu t'expliquais? Car j'aimerais comprendre. – Ces braves gens nous ont fait savoir que nos frais de mission nous seraient versés jusqu'à la huitième étape, c'est-à-dire dans deux jours. Et qu'après, vraisemblablement, nous devions faire face seuls comme des bons petits garçons que nous sommes. »

Le lendemain à l'aurore, j'étais devant le bureau de la puissance financière. Le bureau était vide. A neuf heures trente, enfin, j'ai donné libre cours à ma colère en exigeant des paiements télégraphiques immédiats et décrit ce que ces voyous du journal télévisé allaient faire en remplaçant les images par le verbe, racontant à l'antenne des histoires croustillantes : par exemple la fauche des musettes des coureurs aux ravitaillements, et ce pour apaiser sa faim. Je n'ai obtenu qu'une réponse doucereuse, évidemment sans appel : « Vos gens ne sont pas sérieux. Moi, quand je me déplace en province, je déjeune à midi dans un petit restaurant. Le soir je me contente d'un sandwich et d'un bock de bière. »

J'avoue avoir oublié de lui demander s'il emmenait aussi son lit de camp sur son dos. Fou de rage, mais buté, j'ai fait ce que je n'aurais jamais dû faire. J'ai vidé mon maigre compte en banque personnel et mis à zéro mon livret de caisse d'épargne. Le Tour de France a continué. Les spectateurs avaient la gentillesse de dire qu'ils étaient contents. Oui, merci, on m'a remboursé, au franc près... mais sans intérêts. Nous, nous étions heureux. Car si l'administration avait voulu nous voler notre petit bonheur, devant le temps elle avait perdu. En télévision plus qu'ailleurs, je crois en la responsabilité des hommes. Si elle est réelle, droite et entière, elle est toujours supérieure aux systèmes et aux structures.

Les petits papiers

La route que j'ai suivie était constituée d'innombrables pavés propres à supporter légions et chariots balisée de bornes et de statues. Quels qu'ils soient, généraux en chef ou truands, ministres intègres, filles de joie, poètes, financiers, penseurs, voleurs, philosophes, tous m'ont apporté quelque chose.

J'ai côtoyé tant de milieux, de castes, de tribus, de pièges à hommes appelés « confort », de bontés maléfiques, de joies frelatées, que je peux considérer que l'ensemble a été pour moi la meilleure école, celle du « coup de pied au cul ». Un regret. Trop peu de gens préféraient conjuguer le verbe être aux dépens du verbe avoir. Je me suis aussi bien entendu avec certains en leur disant la vérité.

Khrouchtchev, à Paris, à qui je demandais lors d'une émission en direct : « Combien durera de temps votre discours? » me répondit :

– Votre gouvernement m'a donné l'antenne. J'en ferai ce que je voudrais.

– C'est évident, mais une heure après votre intervention, il y a chaque jour sur notre antenne une émission enfantine. Ce jour-là, le temps de parole de Nikita Khrouchtchev fut de cinquante-huit minutes précises. L'homme venu de l'Est n'avait pas voulu pénaliser les enfants de France.

Très vite, les hommes politiques ont compris ce que la télévision pouvait leur apporter. Il faut avoir vu Kennedy, au Mur de Berlin, clamer face aux caméras du monde entier : « *Ich Bin ein Berliner.* »

« *Encore vous, Sabbagh!* »

Au mois de février 1956, le ministre de l'Information, Émile Hugues, m'avait prié de l'accompagner à Matignon où m'attendait le président du Conseil, Guy Mollet, qui souhaitait se servir de la télévision.

C'est ainsi que je pénétrai au premier étage, poussé par le ministre, dans le bureau de Guy Mollet. Il écrivait. Le ministre restait muet. A un grognement, je compris vaguement : « Asseyez-vous! » ce que je fis. Émile Hugues avait disparu, accompagné par l'huissier. Guy Mollet devait écrire un document aussi important que détaillé car le silence dura une dizaine de minutes. Sans bruit, sans bouger, je faisais l'inventaire du bureau sur lequel il écrivait. Assez loin de lui, je vis un méchant petit livre sur lequel je parvins à déchiffrer à l'envers, *Grammaire anglaise.* Ah, c'est vrai : il avait été prof d'anglais. C'était sûrement un ouvrage dont il était l'auteur.

Un coup d'œil sur le parc. Somptueux. Les téléphones : de quoi joindre toute la planète. Sur la cheminée, un buste de bronze d'un monsieur sérieux et triste. Pour moi, un inconnu. Sans doute un penseur socialiste. Plus loin, contre la glace, une toute petite photo. Une dame simple, âgée. Le tout dans une pièce conventionnelle, le lieu d'où l'on dirigeait la France.

Les meilleures choses ayant une fin, il leva la tête :

– J'ai besoin de vous pour parler à la télévision.

– Monsieur le Président, la télévision n'est pas la radio. Le verbe y conserve sa place mais il est souvent absorbé par l'image... Que proposez-vous? Sans vouloir vous offenser, le grand public vous connaît mal. Vous êtes marié?

– Oui.

Le ton n'était pas très engageant.

– Vous avez peut-être des enfants, des petits-enfants qui viennent jouer sur la pelouse de Matignon?

Il prit un ton sec, presque claquant :

– Il ne manquerait plus que ça!

J'insistai :

– Pour vous, ce serait bon.

Mon coup d'œil s'arrêta au-delà de lui.

– Eh, dites-moi, cette petite photo, cachée derrière le buste...

Alors là, ce fut la colère :

– C'est une photo de ma mère! Pourquoi? Elle vous gêne? C'est grâce à elle, grâce à la vie de chien qui fut la sienne que j'ai pu faire surface et gravir les échelons.

Je me mis à rire.

– Bravo! Bravo, ça y est. Engueulez-moi. Vous avez raison. Vous êtes un homme, un homme comme les autres. Ouf! Je respire. Les Français n'attendent que ça. Mais il faut le leur dire. De cette manière, vous serez crédible, peut-être.

La glace avait fondu. Ensemble, nous avons bâti une première émission construite d'abord sur l'homme puis sur le président du Conseil. D'autres ont suivi, en direct de l'hôtel Matignon, au rythme de deux par mois. Il avait, malgré mes remarques, fait appel au courrier. Il avait été obligé d'engager une trentaine de personnes car, comme le disait Sabbagh, le persifleur de service : « Quand on est président du Conseil et que l'on demande aux Français de vous écrire, on est obligé de répondre. »

Un après-midi, en compagnie de son directeur de cabinet, je triais les lettres que nous allions mettre de côté pour leur donner éventuellement une réponse à l'antenne. Je ne trouvais pas de missive passionnante lorsque, tout à coup : « Tilt! » Une jeune dactylo, vingt ans, fiancée à un militaire de vingt-deux ans en Algérie, ne pouvait lui écrire parce qu'il n'existait pas de franchise postale. Le fiancé – selon la terminologie de l'époque – se livrait à des tâches de « pacification ». Il n'était pas en guerre. Je dis :

– Celle-là? On la conserve pour le président. S'il me suit, ça va faire « boum ».

La tête du directeur de cabinet faisait plaisir à voir.

J'expliquai à Guy Mollet le pourquoi et le comment. Il me répondit :

– Je vais téléphoner à Ramadier [1].

Aussitôt dit, aussitôt fait. J'imaginais la tête du ministre se défendant : « financièrement, je ne comprends pas comment je

1. Alors, ministre de la Guerre.

vais m'en sortir. » Le président tint bon et la franchise postale, à vingt heures, prit place sur l'antenne.

Le lendemain, toute la presse commentait l'événement en première page. Pendant une semaine, les quotidiens et hebdos ne parlèrent que de cela. La fiancée fut photographiée avec et sans sa machine à écrire, sans son patron qui – publicité oblige – avait augmenté le salaire mensuel de la charmante enfant. Se sont-ils mariés? Ont-ils eu beaucoup d'enfants? Cela est une autre histoire. Le fiancé qui ne faisait pas (officiellement) la guerre, fut photographié casqué et souriant. L'amour avait gagné.

En mai 1968, Georges Pompidou, Premier ministre, à qui j'avais demandé, pour pouvoir le mieux cadrer, quel serait le temps fort de sa péroraison, me répondit :

– Qu'est-ce que cela peut bien vous faire? De toute façon, ce sera mauvais!

Quelques années plus tard, Georges Pompidou, président de la République, me rappela, au cours d'un enregistrement à l'Élysée, ce mauvais jour que lui et moi avions vécu ensemble. Il eut la gentillesse de me le faire oublier grâce à un excellent whisky.

François Mitterrand, lui, contrairement à ce que l'on pourait supposer, est très attentif au problème télévision. Un jour, pendant la campagne des présidentielles de 1981, arrivé au studio, il m'a dit :

– Comme ça... Ma tenue vous va?

Je l'ai regardé.

– Non. Les très fines rayures bleues de votre chemise vont troubler l'image. Elles vont provoquer ce que nous appelons dans notre jargon du *cross-color*. Attendez! Je vais vous trouver ce qu'il vous faut.

– Inutile. J'en ai apporté une autre.

Je réexamine François Mitterrand.

– Ah oui... Mais maintenant votre cravate n'est plus du tout en harmonie. Mon directeur de la photographie en a une qui vous ira parfaitement. Je vais la chercher.

Mitterrand lève l'index.

– Inutile! J'ai apporté trois autres cravates. Tenez... Celle-ci sera très bien.

Plus tard, un jour, alors qu'à l'Élysée je plaçais mes caméras en choisissant les angles, tandis qu'on « faisait la lumière » pour une conférence de presse, j'ai vu arriver une collaboratrice du président Mitterrand portant un complet, une chemise et une cravate. Elle me demanda si cet ensemble était compatible avec mes images.

Une autre fois, pour mieux faire sentir les propos de Jacques Chirac, je me suis servi de très gros plans de ses mains qui, à mon avis, étaient les images mêmes qui se mariaient le mieux avec son verbe. A la fin de l'émission, je m'en suis excusé auprès de lui et il m'a répondu : « Je verrai. »

Il avait dû voir et apprécier : le lendemain, Catherine reçut deux douzaines de roses accompagnées d'une carte charmante du maire de Paris.

La télévision possède un impact qui peut s'avérer effrayant ou bénéfique. Son utilisateur peut être ou magnifié ou broyé par ce pouvoir qui franchit et le béton et les cœurs.

Jean-Louis Guillaud, président de TF 1, me téléphona un mardi matin, en fin de matinée, en me disant :

– J'ai besoin de toi.

L'amitié que nous avions l'un pour l'autre exigeait que je réponde avec le sourire :

– Toujours prêt!

– Je souhaite que tu réalises le direct de jeudi qui doit opposer le Premier ministre Raymond Barre à François Mitterrand.

– Écoute, Jean-Louis : il y a sûrement quelque chose de cassé quelque part. Jeudi, cela veut dire vingt-quatre heures ouvrables. Dans vingt-quatre heures ouvrables! Par ailleurs, je viens de lire *Le Point* qui décrit le décor de ce face-à-face historique. Il souligne les meubles conçus spécialement pour cette émission...

Jean-Louis resta ferme :

– Je ne te demande pas de lire *Le Point*. Je te demande en ami de me répondre : « Oui. »

– J'ai bien compris. Il y a quelque chose de cassé quelque part et, en l'occurrence, je suis le tube de colle. Alors, je te réponds « oui », mais j'exige :

– de recevoir l'accord écrit des deux participants sur le choix du réalisateur, c'est-à-dire, moi.

– de pouvoir rencontrer séparément les deux protagonistes, avant de les voir ensemble.

– de disposer de mon équipe habituelle : Lucien Billard, directeur de la photographie, Yvette Boussard, script, Guy Mauplot, assistant, et de me permettre de choisir les cadreurs. Non ceux qui figurent au tableau de service, mais ceux en qui je peux avoir une totale confiance en toute circonstance.

– de disposer d'un studio nu comme le désert, dès demain matin, à huit heures.

– enfin, dans la régie, interdite aux curieux et aux partisans, j'exige que le responsable soit présent. Le responsable, c'est toi... Toi qui m'a choisi. Toi qui admets d'avance mes prises de vues, mes lumières, mes prises de son, mes rythmes, mes cadrages alternés dont je suis évidemment et totalement responsable. Mais le responsable politique, c'est toi. Toi qui auras sous les yeux deux chronomètres correspondant aux temps de parole alternés ou chevauchés de chacun. Comme cette émission évidemment va déborder – ô combien ! – celui qui donnera l'ordre de couper l'antenne, ce sera toi. Toi seul, le responsable.

– Oui, oui, tout ce que tu veux mais réponds-moi : « Oui ! »

Guillaud ne plaisantait pas.

– Oui.

J'ai réalisé ce face-à-face passionnant opposant deux personnalités très différentes que je crois avoir su montrer avec des images. Images de celui qui parlait mais surtout, cadrages serrés sur les mains, les regards, la position du buste, les recherches rapides des notes préparées... l'interlocuteur muet, très souvent plus intéressant que celui qui parlait. Je n'ai jamais compris pourquoi Jean-Louis Guillaud a voulu en dernière minute que je réalise cette émission.

Affrontement dramatique que les deux participants ont mal jugé, mal perçu. J'ai retrouvé après l'émission, entouré de journalistes, au buffet, Raymond Barre, qui faisait petite mine.

Il m'a glissé à l'oreille :

– C'est lui qui a été le meilleur.

Dans sa loge, j'ai rejoint François Mitterrand qui se faisait démaquiller. Il m'a dit d'un ton sec :

– Il a gagné!

Seuls, les téléspectateurs ont pu répondre car cet affrontement spectacle était destiné à ceux qui avaient vu, vécu, senti les paroles, les gestes, les lumières, les regards, la rapidité des contre-attaques, rythmées par la cascade des images successives, les mimiques dubitatives – volontaires ou non – qui avaient su ou manqué de convaincre les Français.

Avant de persuader le spectateur, il convient de bien se servir de la télévision qui pénètre avec autorisation dans (environ) quinze millions de foyer.

Six mois plus tard à Dakar, j'ai rencontré le directeur de la télévision qui, voulant m'honorer, a présenté intégralement à ses téléspectateurs le *Face-à-face* Barre-Mitterrand, signé Pierre Sabbagh. Les spectateurs de Dakar auraient sans doute préféré de loin le cirque de Pékin!

Le rideau de fumée

Le rire et les pirouettes sont utiles pour dissimuler un désarroi ou une inquiétude, mais il arrive qu'il faille davantage. Il convient alors de posséder une bouée de sauvetage amicale, pour soutenir, alimenter une permanente rage de vaincre, qui se déplacera en dérapages constants et incontrôlés.

Je viens de faire un calcul rapide, en quarante ans j'ai dû fumer à peu près six fois mon poids en tabac. Et ce, dans environ cinq cents pipes différentes. C'est effrayant et bizarre, car je n'aime pas tellement le tabac! C'est arrivé, comme beaucoup d'autres choses, par hasard, et cela a pris pour moi une signification différente de celle que mon entourage pouvait imaginer.

J'avais dix-sept ans, j'étais en Autriche sous l'œil vigilant de mon frère. Dans une boutique, je vis ce qui me sembla être une belle pipe à couvercle d'argent, avec des cordelières et des pompons rouge et blanc. J'entrais, j'achetais, je la mis au bec, et, content de moi, je rentrais à l'hôtel. Dans le hall, mon frère me dit, cassant : « Je suis l'aîné, donc responsable, je ne te laisserai pas fumer. C'est clair, je te l'interdis. »

Aïe aïe aïe! La chose à ne pas me dire. Il ne me serait jamais venu à l'idée de mettre du tabac dans cet objet et d'empester tout le monde. Pour moi, c'était, à bon marché, un souvenir vivant de l'Autriche. On ne peut quand même pas à chaque fois enlever une fille du pays. Alors, je me suis précipité chez le marchand de tabac, j'ai bourré l'objet, et pour aller jusqu'au bout, j'y ai mis le feu. En prime, ce n'était pas bon, mais tant pis! Crachant de la fumée comme une locomotive, je suis rentré à l'hôtel. Une fois encore, mon frère m'a prouvé qu'il était plus fort que moi. Malgré la raclée, j'ai réussi à sauver ma première pipe.

Depuis, il m'est passé par les mains à peu près deux cents pipes que j'ai achetées, et quatre cents que l'on m'a offertes. Sur la masse, j'ai dû en fumer environ trois cents. Tout le monde m'a offert des pipes, des inconnus pour me remercier d'une émission de télévision, des amis, ma famille. Certains m'ont envoyé le brûle-gueule du « cher disparu », d'autres des pipes de collection, et beaucoup d'effroyables bouts de bois. Tout cela était très gentil, mais ne faisait pas de moi celui qu'on a appelé : « l'homme à la pipe ».

Ce que j'aime dans une pipe, c'est la pipe elle-même, et non sa fonction. La vie de la pipe se révèle imprévisible et passionnante, mais pour la vivre, on est deux. L'homme n'est pas forcément le plus fort. Certes, on peut la maltraiter, la laisser sans s'en servir, et même la répudier. Alors, on a tout perdu. Si on a ce tempérament, il vaut mieux essayer avec une femme, car elle, au moins, a de la défense, alors que pour percevoir les sentiments d'une pipe, il faut vraiment l'aimer.

Lorsque je rencontre une nouvelle pipe, je me réserve avec elle un tête à tête dans une atmosphère calme. Il faut observer, avoir les sens en éveil, car va commencer l'épreuve du premier feu. Pour y parvenir, après avoir bien observé la cavité de la pipe, puis le sens des veines du bois, après avoir apprécié l'épaisseur du culot, il faut bourrer de tabac frais, avec fermeté mais sans brutalité. Il convient de trouver ce dont cette pipe a besoin. C'est une couche légère au fond, mais couronnée par un couche de tabac pré-tassé sur le dessus, en veillant soigneusement à ce que des brins ne s'échappent pas car ils pourraient abîmer la périphérie du fourneau. Il faut essayer.

Le tirage est correct; il faut allumer le centre, seulement le centre, et tirer doucement pour éviter l'excès de feu et le manque d'aspiration. Pour elle de respiration. Ça y est, on peut faire connaissance. C'est le début de ce qui va peut-être devenir une histoire d'amour.

Tout au moins pour moi, c'est ça fumer la pipe. Je suis souvent parvenu à de véritables satisfactions, et mes pipes m'ont énormément aidé dans la vie. Lorsqu'on me posait une question dont la réponse était délicate, brusquement ma pipc se bouchait. Je la nettoyais avec force gestes et excuses destinées à l'« adversaire », Pendant ce temps, ma pipe m'aidait à réfléchir et à retomber sur mes pieds. Combien de fois, au moment de prendre une décision n'ai-je pas choisi une pipe précise, dont je caressais le bois pour mieux me concentrer?

Chaque fois que j'ai rencontré un vrai fumeur de pipe, et non pas un homme cherchant à faire de la fumée, ensemble, nous avons pétuné en silence. Alors, le courant est passé de l'un à l'autre. Les mots n'auraient servi à rien à ce moment-là. La cérémonie est trop grave. Il faut participer, après avoir puisé le tabac dans la même blague.

La pipe retenue pour un moment doit être vraiment une amie. Il ne faut pas lui avoir fait l'offense de la mettre dans sa poche avec un trousseau de clefs qui aurait pu l'écorcher, il convient d'éviter de lui imposer, sur un culottage satisfaisant, un tabac aromatisé, comme ça, pour voir. Ne jamais la frapper brutalement pour la vider. Cela fait peut-être « homme », mais ça risque de la mutiler. Que jamais on ne l'ait blessée avec un canif, poinçon ou trousseau de clefs, sous prétexte qu'elle était bouchée ou qu'elle tirait mal, que jamais on ne lui ait plongé la gueule dans le feu, sous prétexte de l'allumer commc un brasier. Bref, que jamais elle n'ait été traitée comme un objet, mais comme un être vivant, car comme chacun, une pipe vit.

Quand je cherchais une idée, une solution, la sortie du labyrinthe, quand j'était seul et que le dialogue m'était indispensable, quand la scoumoune s'acharnait, quand il fallait paraître, se cacher, parader, quand j'étais au-dessous de ce qu'on attendait de moi, quand je me retrouvais seul devant tous et tout, je peux affirmer que mes pipes m'ont toujours aidé, m'ont souvent permis de vaincre. On est beaucoup plus sûr de soi accompagné par une amie.

Beaucoup de téléspectateurs m'ont reproché de fumer la pipe devant les caméras. Certains m'ont même dit que ça sentait mauvais chez eux! Pardon, mille fois pardon. Mais une bonne pipe vous aide bougrement, lorsqu'on est possédé par la trouille, et qu'on est presque sûr qu'on n'arrivera pas à terminer l'émission commencée. Derrière le rideau de fumée, il vaut mieux sembler être seul, alors qu'en réalité, on est deux.

Pourquoi tout cela?

J'ai produit, animé ou programmé, environ 25 000 heures de télévision, et ce en toutes disciplines, du culturel au divertissement, en commençant par le journalisme. L'ensemble représente à mes yeux une construction, image d'une volonté, d'un esprit et d'un choix. Mais pourquoi? Qu'est-ce qui m'a poussé?

J'ai, en France et à l'étranger, rencontré tout le monde et les autres, du chef d'État au truand. Je suis passé si vite, à travers tant d'obstacles et de frontières, je me suis heurté à tant de sourires et à tant de refus, que j'ai sûrement oublié l'essentiel. J'étais journaliste, je cherchais vite quelque chose, et vite je menais unc vic fausse, que je tentais de compenser par la vie parallèle qui était la mienne.

Je voyais comme chacun, mais ressentais différemment, et c'est sûrement pour cela que j'ai créé à la télévision des émissions, apparemment simples, mais qui cachaient une part de richesses. Certains l'ont senti, d'autres n'ont pas compris. Peut-être avaient-ils raison? Et pourtant, au fond de moi-même, solidement appuyé sur le rationnel, il faut toujours que je trouve une trappe pour m'évader.

J'ai créé et présenté beaucoup d'émissions de jeu à la télévision, mais ce n'était jamais pour faire des jeux. C'était pour voir et sentir autrement, pour apporter autre chose par des chemins différents. Ce n'est pas de ma faute si les sentiers tracés m'ennuient. La règle du jeu ne conduit qu'au jeu, alors que, sans le faire exprès, je trouve autre chose. Je découvre des mécaniques où sourire, surprise, gentillesse, décision, échec et appât du gain vont servir de révélateurs à l'homme. Alors, les mots ne sont plus ceux du dictionnaire, mais ce que dit la chanson que chacun a dans la tête.

J'ai posé des milliers de questions, et j'ai aussi consacré des heures, des mois, à montrer, à faire parler des hommes politiques, car il était nécessaire d'informer nos contemporains. Ce qui était bizarre, c'était que les Raminagrobis faisaient patte de velours, les rouges pouvaient devenir blancs, les roses n'avaient plus d'épines et le bonnet phrygien était à celui qui l'attrapait. Curieusement, le tout finissait en bleu, blanc, rouge, mais c'est fou ce que j'ai pu découvrir comme bleus, comme blancs et comme rouges différents! C'était sans doute pour éviter la monotonie.

A la fin de la cérémonie, tout le monde chantait ensemble la même musique, mais on n'entendait pas la même chanson. Pour moi, cela n'avait aucune importance, car je chante faux et j'entends autre chose. Dans ma vie, il n'y a que deux musiques, *La Marseillaise* et l'autre. *La Marseillaise* c'est quand tout le monde se lève! A quoi bon mentir? C'est absolument vrai.

C'est sans doute grâce à des faiblesses comme celle-là que je suis devenu un autre. D'ailleurs, il n'est pas obligatoire de savoir l'orthographe, pour coucher sur le papier ce qui déborde.

Pendant quinze ans, j'ai produit et animé « Le Magazine des explorateurs », et personne ne m'a jamais demandé pourquoi. En vérité, ce fut une revanche. Bertrand Flornoy, qui avait découvert les sources de l'Amazone, m'honorait de son amitié.

– Puisque tu retournes là-bas, il faut que tu m'emmènes. Je veux voir et comprendre la forêt amazonienne et tes amis les Indiens. Puisque tu fais du film muet, moi je te ferai du son et en plus des reportages pour la radio, à qui je ferai payer le voyage.

Il répondit « oui ».

La radio répondit « non » : « Envoyer cette espèce d'échalas (à l'époque j'étais maigre) qui ne doit pas avoir de santé et qui va nous créer des tas d'ennuis. C'est non.

« *Encore vous, Sabbagh!* »

Deux ans plu tard, avec le même Bertrand Flornoy, je créais à la télévision « Le Magazine des explorateurs ».

Ah les merveilleux voyages que j'ai faits, avec les spectateurs, sous le soleil des projecteurs du studio de la rue Cognacq-Jay! Ah la belle vengeance que j'aie eue, car j'ai rencontré et aimé ces hommes, ces femmes qui, la bourse plate, mais animés par le besoin de savoir, risquaient leur vie à la découverte d'autres hommes. Ils rencontraient des êtres très différents de nous, mais qui étaient cependant semblables, car pour eux, froid et chaud, rire et pleurs, faim et soif, vie et mort ressemblaient furieusement à ce que nous connaissions, mais miracle, ils voyaient tout cela d'un autre œil et apportaient chaque fois des solutions différentes aux problèmes.

Quelles leçons d'humilité j'ai reçues au cours de ce Magazine! Curieusement, les images étaient pour moi, la plupart du temps, complémentaires, car elles ne faisaient que montrer. Mais je pouvais provoquer les explorateurs, eux, « matière vivante », pour mieux les laisser aller. Je tentais d'ausculter le cœur et la raison, et montrant à la caméra des objets, témoignages vivants de croyances inconnues, je jouais le maladroit de la ville pour recevoir, au bénéfice du spectateur, une leçon immédiate et quelquefois cinglante. J'ai souvent obtenu, en créant un climat propice, des conclusions imprévues extraordinaires :

– Pourquoi êtes-vous parti à pied sans aucun moyen de transport?

– Pour aller au-devant de ces hommes et pour les comprendre, entourés par leur faune et leur flore, il fallait que, sans bagages, je mette mes pas dans les leurs, pour tout subir comme eux, avec eux, à leur rythme, ainsi les ai-je mieux compris.

Un autre jour, et avec d'autres hommes, j'ai posé à l'explorateur la question qui, pour moi, devait conduire à la conclusion :

– Que signifie le mot *devenir* pour ces hommes?

– Il a certainement un sens, mais lequel? Car, je vous l'ai dit, entre le « grand oiseau de fer » (il s'agissait d'un Boeing) qui passe chaque jour à heure fixe, et leur vie primitive curieusement préservée, on peut dire qu'ils ont les pieds dans le Néolithique et la tête dans le thermonucléaire. Au milieu, le corps fait ce qu'il peut.

Pour moi, le jaune et le bleu mélangés, ça ne fait un vert que si des hommes maladroits le veulent bien.

Pendant dix ans, j'ai animé une production de l'ami Armand Jammot : « Avis aux amateurs », consacrée aux collectionneurs. Pendant dix ans, ce fut incroyable car moi, les collections, non seulement ne m'intéressent pas, mais pire, elles m'ennuient. Par contre, j'ai rencontré des hommes et des femmes extraordinaires. Mon seul intérêt, chez eux, c'était eux-mêmes, et le pourquoi de la collection. Car il y avait toujours un problème. La collection était une médecine, un palliatif, ou un besoin. Il était passionnant de tenter de faire tomber le masque. Alors la collection prenait tout son sens.

Cela se passait dans des appartements souvent exigus, envahis par quatre caméras, une dizaine de projecteurs, des câbles et une quinzaine de techniciens qui, avec le matériel, débordaient sur le palier devant les voisins ahuris. Je n'étais jamais venu dans ces appartements auparavant. Je ne connaissais ni le collectionneur ni la collection. J'étais sur le terrain, pour moi, la chasse commençait. C'était, en direct, la chasse à l'homme, dans ce qu'elle avait de plus beau, par-delà sa pudeur et ses réserves. A travers des bésicles, des assiettes bavardes, des voitures militaires miniatures, des disques anciens, des poupées de porcelaine, des almanachs royaux, des trompes de chasse, ah oui, des trompes de chasse que nous avons fait sonner à 22 heures 30 au sixième étage d'un immeuble bourgeois. A travers tout cela, je chassais l'homme, et souvent je le débusquais. Après l'émission, je le quittais avec une nouvelle façon de voir, de comprendre. Mon mur d'intolérance était fissuré. Chaque fois, je partais plus riche.

Pour moi, si on n'est pas sensible à Rodin, les *Bourgeois de Calais*, ne représentent que du bronze.

Pierre Sabbagh à six ans.
La mère de Pierre Sabbagh, Agnès Humbert, 1956.

Dessus, reportage sportif, avec Léon Zitrone, Chapatte...
Ci-contre, à bord du cuirassier « Richelieu », à la fin de la guerre.
Page de droite, en haut, le Journal télévisé. La première transmission venue de l'étranger : le « Couronnement de la reine Elisabeth ».

Photo : R.T.F.

Photo : R.T.F.

Photo : R.T.F.

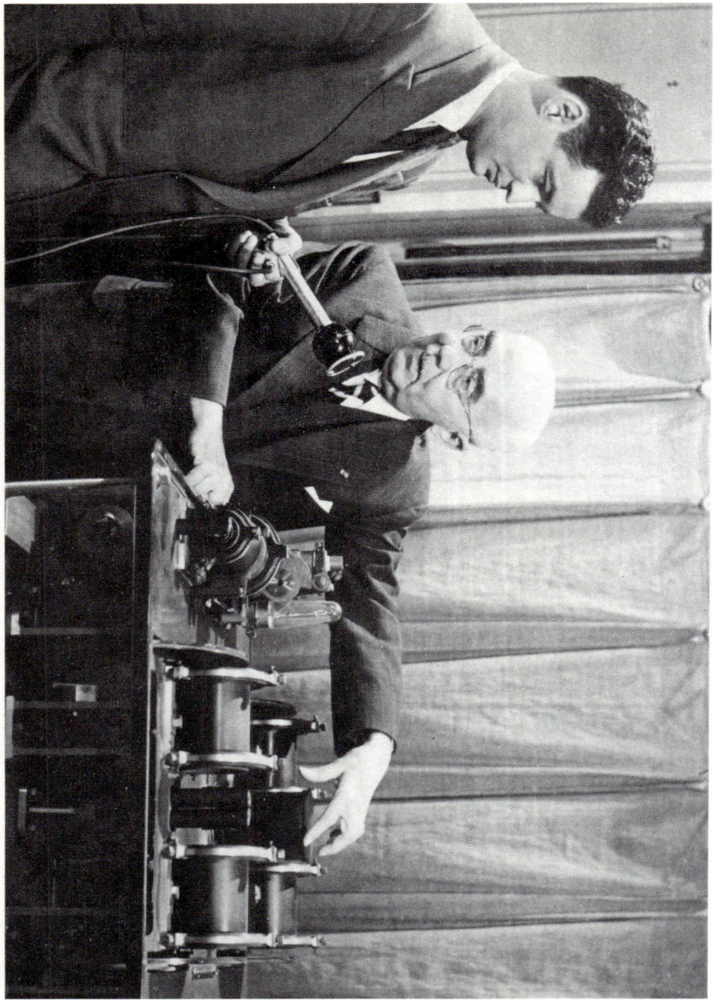

Page de gauche, en haut, à bord du «Clemenceau». «En direct», émission technique et scientifique.
Page de gauche, en bas. Edouard Belin et Pierre Sabbagh, «En direct», 24 avril 1953.
Ci-dessus, les premiers fumeurs de pipe de France : Jacques Faizant, Robert Sabatier, Pierre Sabbagh et Edgar Faure.

Photo : Jean Paté/Télé-Magazine

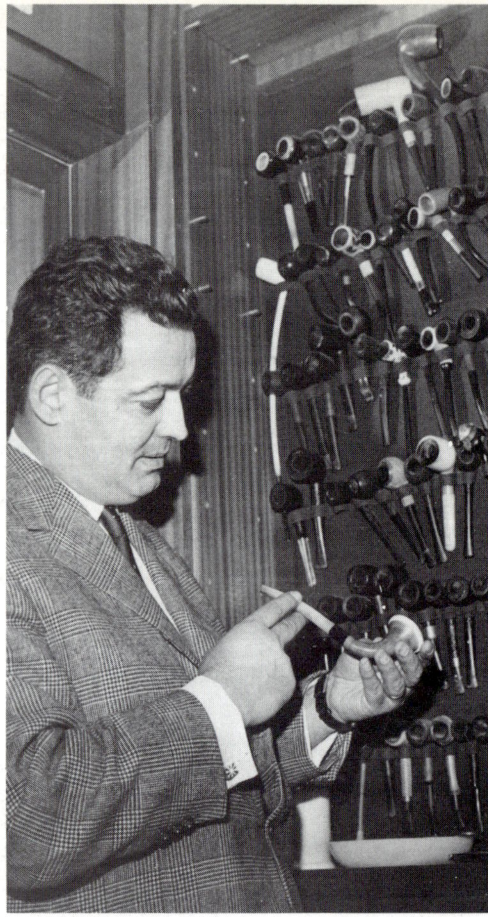

Ci-dessus, à gauche, Pierre Sabbagh «Au théâtre ce soir». A droite, Pierre Sabbagh et une partie de ses 500 pipes...

...Pierre Sabbagh aujourd'hui avec la petite dernière, une irlandaise.

Photo : Keystone

J'ai compris

En 1927, fut créée la BBC, premier organisme de télévision au monde. J'avais alors neuf ans. Je vis la télévision pour la première fois en 1933. J'avais quinze ans. Puis, je fis, en 1946, ma première émission de télévision, j'avais vingt-huit ans. J'avais mis dix-neuf ans et une guerre pour rejoindre la télévision. Depuis que j'ai commencé à m'occuper de communication, je me suis heurté à bien des murs, j'ai connu de nombreux échecs, quelques succès, et j'ai perçu certaines choses. J'ai compris qu'il fallait être habité par le public, et que pour tenter de réussir, il fallait être « tout amour » pour ceux à qui on avait la hardiesse de s'adresser. J'ai compris que mes goûts, mes désirs, mes envies, mes besoins n'avaient d'intérêt que pour moi, et que je n'avais guère le droit d'infliger « mon programme de télévision » à qui que ce soit.

J'ai compris qu'une grille de programme considérée par l'élite comme un « programme de qualité » serait impitoyablement rejetée par le public habituel de la télévision. J'ai compris qu'une grille de programme considérée par le grand public comme « populaire » conduirait à la médiocrité, et plus, à la vulgarité. J'ai compris qu'en télévision il fallait « servir » et non « se servir », ce qui va jusqu'à abandonner les fausses bonnes idées, qui font peut-être plaisir à une coterie.

J'ai compris que pour notre public, la solitude de chacun au milieu des autres, pouvait être rompue par un acte d'intérêt ou de considération, manifesté par des images et des sons à la portée de chacun. J'ai compris qu'un récepteur de télévision était un miroir grossissant, et je me suis demandé quelle était la vérité ou le mensonge qui résistait à une projection unique multipliée par quinze millions de spectateurs isolés.

J'ai compris qu'un papier avec une belle signature en bas ne servait à rien. La seule valeur réelle de nos métiers est le rapport entre les hommes, rapport fondé sur la considération et la qualité de la parole donnée, le tout se dissimulant souvent, par pudeur, dans l'inexprimé.

J'ai compris que si la chansonnette, le rire, l'astrologie et le football n'étaient pas tout, Mozart, Claudel, Fellini et Picasso ne compensaient rien.

J'ai compris qu'on ne pouvait pas tout dire, tout montrer, car les émetteurs de télévision frappant en aveugles, atteignent n'importe qui, tel un éléphant dans un magasin de porcelaine, ou alors, si je me trompe, il n'y a plus de limite : pourquoi ne pas mettre une caméra en direct devant une guillotine au travail?

J'ai compris que pour diriger il fallait connaître les hommes, leur métier et leurs machines, car si les hommes parlent aux hommes, il ne faut pas que les machines deviennent un obstacle au dialogue. Mieux, il faut savoir quelquefois refuser des moyens pour que le dialogue, plus malaisé, devienne plus efficace.

J'ai compris que Molière voyait juste lorsqu'il disait que « le difficile est de plaire »... de plaire au roi, aux Grands, aux courtisans, à l'Église, aux communs, aux valets, tout en écrivant sur commande de Sa Majesté.

J'ai compris que nul ne pouvait parler, concevoir et agir comme si l'antenne lui appartenait. L'antenne nous est confiée, pendant un laps de temps, et ce, au nom du public.

J'ai compris qu'à la télévision il fallait découvrir où se cachait le pouvoir (administratif, artistique, journalistique, technique, syndical, financier, politique, etc.) afin de pouvoir l'attaquer, de le morceler et de le redistribuer à tous. Si par malheur on n'y parvient pas, le bateau chavirera. L'équilibre dépend de la santé de l'ensemble, sans dominante ni parti pris. Seul cet équilibre peut permettre de réaliser un programme de télévision.

J'ai compris que ma sensibilité a été forgée par de nombreuses blessures. J'ai été gravement atteint par la désespérance du regard d'un enfant miné par la malnutrition. C'était au Biafra. J'ai reconnu la destruction de l'homme voulue par l'homme que j'avais aperçue à l'ouverture des camps nazis.

Voici, venu de France, le refus brutal d'un homme, qui n'a pas essayé de comprendre. Il avait la signature, c'est-à-dire le pouvoir.

Ici un groupe d'hommes colorés, bruyants, hâbleurs, Méditerranéens au verbe d'autant plus éclatant qu'il tentait de cacher leur misère. Parmi eux, il en était un que je connaissais. Il aurait pu outrer son langage plus que chacun des autres, mais il était silencieux. Pour lui l'essentiel était amour et charité.

Après un échec retentissant un témoin m'a dit : « Une porte n'est pas toujours fermée. Sache que lorsqu'elle est close, elle ne l'est pas pour tous. »

J'ai vu l'homme pour qui la femme est une énigme, qui ignore que la solution est en lui, en lui seul. Ici, image de désespoir, le visage du vaincu soudain éclairé par le sourire à la vue de l'ami.

J'ai compris que les obstacles réels étaient en moi, alors que sur la route il ne se trouvait qu'obstacles imaginaires. Plus le balancier monte vers le négatif, plus il revient fort vers le positif. Loi, qui, n'étant pas écrite par les hommes, est souvent ignorée.

Voici le prisonnier dont seul le corps est enfermé. C'est la plus extraordinaire leçon de courage que j'ai reçue. Personne ne peut rien contre le poète, enfant de l'imagination et du verbe. Ce poème a été écrit par un résistant. Arrêté par la Gestapo, il a gravé avec un clou, ce qui était son âme, sur le plâtre d'une geôle de Lyon. Ce poème m'a été révélé il y a de longues années par mon ami Tony de Graaf.

Voici ce qu'il écrivait :

« 12-13 mars 1943. En attendant l'aube... »
J'attends...
J'attends l'aube au visage pâle
J'attends l'aube aux yeux gris
Je ne veux pas compter les heures
A l'horloge aveugle du temps,
Le temps lui-même s'abolit
Qu'il meure dans son dernier râle
Adieu temps du mépris!
Je ne veux pas écouter mon cœur
Adieu passé. Ils m'ont tout pris
Là-bas je vois qu'une femme pleure
Adieu mes tout-petits...
Adieu ma vie, mon beau printemps
Adieu le temps du bonheur
Combien peut-il me rester d'heures!
Le temps est mort. Tuons le temps.
J'attends...
J'attends que se lève le jour
Le jour que je ne verrai pas,
Adieu mon rêve et mes amours,
Adieu le ciel et la prairie,
Je n'attends plus qu'un bruit de pas,
Adieu mes fils qui me sourient
Un bruit de clef la porte s'ouvrira
S'ouvrira grande sur l'avenir
A l'aube d'un jeune printemps.
Qui donc me parle de mourir?
J'attends, demain; j'attends mon heure
Sèche tes pleurs, ma mie
Demain vivra! Vive la vie!
On ne tue jamais que le temps.
J'attends...
J'attends l'heure de partir
Et de marcher vers un grand mur
Mon amour, je saurai te sourire
Je t'ai souri à la torture
Je vous sourirai mes petits...

« Encore vous, Sabbagh! »

Je vous emporte dans mon cœur
Adieu ma femme et mes amis
J'emporte le temps du bonheur
Je porte en moi tout l'avenir
Pourquoi pleures-tu ma mie?
J'attends l'aube pâle en vainqueur
Tuez bourreaux! Tuez déments!
J'attends votre glas et mon heure
Vous ne tuerez pas le printemps...
J'attends...

Merci à tous

La meilleure école a été pour moi, comme pour beaucoup de gens, la vie. On rencontre des situations et des gens qui déposent, sans le vouloir, dans le réceptacle secret que chacun possède, des graines qui lèveront plus tard. J'ai eu la grande chance, grâce aux nombreuses émissions de jeux télévisés que j'ai conçues et présentées, d'apprendre et de recevoir beaucoup. J'ai côtoyé des joueurs déçus ou satisfaits, mais je suis sûr qu'à ce jeu, le gagnant c'était moi. Dans chaque émission du « Gros Lot » et de « L'Homme du XXe siècle », homme ou femme m'ont inconsciemment appris quelque chose, m'ont révélé les plis et replis de l'âme de l'*homosapiens*. Jeunes et aînés ont déroulé devant moi la tapisserie qui raconte les mille et une possibilités d'une envie, d'un sentiment, d'un besoin. Tous, sans le vouloir, se sont découverts et m'ont étonné.

Un homme de quarante ans m'a dit :

– Par votre faute, ma fille me prend pour un imbécile car, à la maison, je ne réponds pas aux questions que vous posez aux candidats, donc vous me devez quelque chose! Il faut me faire jouer. Proposez-moi un thème, cela permettra à ma fille d'avoir enfin confiance en son père.

Stupéfait, je lui ai répondu :

– Voulez-vous « Le Tour de France », ou Napoléon, ou le football français, ou...

– Vous avez dit « Le Tour de France ». Je prends, car cela ne m'intéresse pas du tout.

Un an plus tard, il revint et fit un parcours très brillant. C'est extraordinaire ce qu'un homme peut faire pour reconquérir un enfant qu'il aime!

Un jour, je vis venir une femme-enfant. Belle quarantaine, séduisante et un peu snob. Je compris qu'elle voulait absolument se montrer à toute la France. S'imposer, semaine après semaine, à ceux qu'elle connaissait, et peut-être surtout à ceux qu'elle ne connaissait pas. Alors, souvenirs d'enfance aidant, elle proposa comme thème : « Jean de La Fontaine ».

Devant la commission de sélection, elle sourit, minauda, supplia qu'on ne soit pas trop méchant avec elle, et parvint, malgré son maquillage savant, à rougir, et pensant que nous étions sous son empire, elle attendit.

Un membre de la commission lui demanda sèchement :

– Parlez-nous des contes de La Fontaine.

– Des... contes... de... de...

Notre ami lui tendit un volume et l'ouvrit au hasard. Elle y jeta un coup d'œil, sembla manquer d'air, nous regarda terrorisée. Avec des borborygmes incompréhensibles, la femme pivoine se retira à reculons.

Je vis que la brochure s'était ouverte, par hasard, sur *La Vénus callypige*, dont les premiers vers sont :

Du temps des Grecs, deux sœurs disaient avoir
Si beau cul que fille de leur sorte;
La question ne fut que de savoir
Quelle des deux dessus l'autre l'emporte...

Je ne pouvais vraiment pas imaginer qu'une enfant qui avait vécu quarante ans puisse être bloquée à la cour de récréation et au certificat d'études. Quelle vie avait bien pu être la sienne?

Pourtant La Fontaine l'avait indiqué :

Rien se pèse tant qu'un secret.
Le garder loin est difficile aux femmes
Et je sais même sur ce fait
Bon nombre d'hommes qui sont des femmes.

Certains, peu nombreux, venaient pour le gain, les cinq millions promis et quelques fois atteints. Un homme d'environ trente-cinq ans, net, propre, précis, me dit tout de go :

– J'ai fait un gros emprunt. Je ne peux pas rembourser. Mon créancier m'a sommé de me présenter à vous, de jouer sous son nom, et de gagner. Alors, qu'est-ce qu'on fait?

Je lui dis que, de toute façon, il lui faudrait présenter des pièces d'identité, et qu'il pouvait jouer sous le nom ou sobriquet qu'il choisirait, mais que s'il gagnait, peu ou beaucoup, le chèque serait libellé à son nom, à lui et à personne d'autre. Il rit beaucoup. Travailla encore plus, se présenta sous le nom du créancier, et gagna convenablement. Ce créancier fut-il remboursé? Ma foi, cela ne me regarde pas.

Mais cet homme, face à la France, et disant s'appeler Dupont alors qu'il s'appelait Morvan, fut évidemment reconnu.

Comment des êtres normaux peuvent-ils penser qu'on peut passer devant des caméras de télévision et faire croire qu'on en est un autre? Comment peut-on ainsi nier la société? D'ailleurs, chaque fois que ça se passait, le standard téléphonique recevait des appels insensés, du genre :

– Elle dit être infirmière. C'est la femme d'un médecin qui a un très beau cabinet. Elle est bourrée de fric...

– C'est un salaud. Il a foutu le camp avec ma fiancée.

– Dans le quartier on le connaît. On sait qu'il va être mis en faillite.

– Il dit qu'il a été de la Résistance... Ah, ah, demandez donc à Monsieur Reymond son voisin!

– Faut pas lui donner le pognon, c'est un jaune. Il a refusé de faire grève avec nous.

– C'est faux, il est pas marié. Il vit avec une épouvantable nana, et il est cocu.

– Joli coco, inscrit au Parti communiste, c'était pas suffisant, et Pétain lui a donné la francisque.

– Méfiez-vous, elle est effroyable. Son mari s'est barré. Elle lui faisait peur.

Les réactions des Français, mes frères, m'ont beaucoup appris. Il était inutile de chercher à comprendre. Il suffisait de constater. J'ai voulu savoir si les sujets que les joueurs proposaient pouvaient avoir une signification pour chacun ou pour l'ensemble. J'ai pris le courrier, et j'ai trouvé en vrac :

Un ami des lapins de garenne suggérant d'inoculer la myxomatose à ceux qui l'avaient introduite en France, afin de voir leur tête lorsqu'ils ne pourraient plus enfiler leur pantalon !

Un météorologue amateur qui disait pouvoir donner toutes les températures de Seine, Seine-et-Marne, Seine-et-Oise, de janvier 1918 à mai 1938 ! Un adepte de la sur-violence ! Un homme apparemment normal qui désirait être interrogé sur les horaires des chemins de fer français de 1950 à 1958. Un cantonnier, voulant que tous les hommes valides de dix-huit à soixante-cinq ans consacrent deux jours par an à la construction d'une autoroute.

Un aficionado affirmant savoir le nom des quinze cent cinquante taureaux mis à mort par Juan Belmonte. Un inventeur de « L'alphabet fraternel » dont les deux cent quatre-vingt-huit lettres permettaient à chacun de lire en rafales : Confucius, Cervantes, Goethe, Dante, Mahomet et Shakespeare dans le texte. Un propagandiste de la paix universelle, qui disait que, pour aboutir, il fallait enseigner la flûte à bec dès le jardin d'enfants. Une propagandiste de l'union libre, dont les motivations paraissaient très éloignées de la pureté. Un défenseur de la « sagesse des nations » qui voulait prouver qu'il connaissait tous les proverbes français, arabes, espagnols, turcs et chinois.

Que cherchaient tous ces gens ? Sans doute désiraient-ils combler leur solitude. Que le vide doit être affreux, puisqu'il conduit à se fixer de tels objectifs. Je me sens terriblement coupable, car j'ai été provocateur. J'ai lancé les défis, j'ai posé des questions impossibles, et le plus extraordinaire c'est que j'ai reçu des réponses exactes, telles que :

– Où le Méphistophélès de Boïto fut-il joué pour la première fois en français?

Réponse : à Bruxelles au théâtre de la Monnaie, le 19 janvier 1883.

– Combien de clubs s'engagèrent pour participer à la Coupe de France de football 1936-1937?

Réponse : 658.

– Dans quelle ville le prophète Agabus prédit à saint Paul qu'il serait arrêté à Jérusalem?

Réponse : Césarée.

– Comment s'appelait le touriste-routier qui enleva une étape du Tour de France cycliste 1930?

Réponse : Peglion qui enleva l'étape Cannes-Nice.

Etc.

Grâce à des questions et à des réponses semblables, j'ai fabriqué des vedettes. Des hommes et des femmes du jour qui, pour un temps qu'ils croient éternel et qui en fait est très bref, ne s'appartiennent plus car ils sont considérés comme propriété publique.

Puis l'anonymat les guette, d'autant plus cruel qu'ils ont trempé les lèvres dans la coupe de la célébrité. Pourtant, quel courage il leur a fallu pour parvenir jusque-là! Quelles batailles se sont-ils livrés à eux-mêmes? Ils ont bravé le ridicule et le « qu'en dira-t-on ». Ils se sont affrontés, souriants, à leurs familles, leurs amis, leurs milieux, la hiérarchie de leurs emplois. Ils se sont regardés dans la glace, et ont jugé qu'ils valaient mieux que ce qu'ils étaient et que pour réparer cette injustice, il fallait courage et intrépidité, alors, ils se sont inscrits chez Sabbagh!

Pendant ces années, j'ai appris en même temps que je faisais mon métier, car j'évoluais, et je faisais évoluer une forme de télévision considérée au départ comme bulles de savon, mais qui, depuis, est devenue part intégrante de la vie du pays avec ses millions de postes qui fascinent les Français.

Directeur de chaînes

Lorsqu'en 1968, Jean-Jacques de Bresson, nouveau directeur général de l'O.R.T.F., me proposa d'être nommé directeur de la première chaîne de la télévision française, je ne ressentis pas le déclic. Pour moi, un déclic, ça fait « clic-clac ». Et cette fois-là, ça n'a fait que « clic ». Il me fallait attendre le « clac ».

Jean-Jacques de Bresson avait été chargé par le général de Gaulle de remettre l'O.R.T.F. sur ses rails, après la grosse vague de mai 1968. Énorme travail, responsabilité considérable! Je le vis pour la première fois, au milieu des journalistes de presse écrite venus pour la présentation du « redémarrage ». Un groupe d'entre eux, dont je connaissais la plupart, m'entourait et me posait des questions, pour que je leur dise quel serait désormais l'axe de mes actions. Je répondis simplement :

– On va mettre les haricots sur la table, on va les compter, puis on choisira ceux qui paraîtront les meilleurs.

L'un d'eux, inconnu de moi, me dit :

– Oui, vous dites ça, mais on vous connaît, vous allez faire des merveilles.

Toujours aimable, je répliquais quelque chose comme :

– Ça y est, je vais retrouver cela dans votre journal demain. Vous avez une curieuse conception de l'information. Écrivez que je n'ai rien dit, et rien à dire. C'est net... Oui?

Il rit, et dit, en se dirigeant vers le buffet :

– Une pareille réplique mérite bien un verre.

Le chef des services télévision du *Figaro*, André Brincourt, était inquiet :

– Pierre, rassurez-moi, vraiment vous êtes directeur de chaîne?

Et devant ma moue dubitative, il enchaîna :

– Eh bien, vraiment, vous, on ne peut pas dire que vous arrivez par le piston.

– Pourquoi?

– Parce que le monsieur que vous venez d'engueuler n'est pas journaliste, c'est Jean-Jacques de Bresson, nouveau directeur général de l'O.R.T.F.

Je me précipitai vers le buffet et m'excusai auprès de lui, ce qui le fit rire de bon cœur, puis il me dit :

– Il ne serait pas inutile qu'après cette réunion, nous ayons une conversation en tête à tête dans mon bureau.

– Elle me paraît très nécessaire, lui répondis-je.

Elle était certainement utile pour lui, mais elle l'était, à mes yeux, plus encore pour moi. En effet, pendant cette longue grève, partie de Nanterre, je m'étais déclaré gréviste. Mais je fus vite en désaccord avec les responsables de la grève. Ils voulaient appuyer un mouvement national, en suivant des mots d'ordres politiques, qui n'avaient rien à faire avec nos problèmes professionnels. Alors que, moi, j'espérais me servir de ce levier pour que l'O.R.T.F. connaisse enfin essor et liberté.

Étant donné que tout en France ralentissait, s'arrêtait, ou se désorganisait, il me semblait obligatoire que le formidable outil de communication que nous avions entre les mains soit mis au service des Français, non pour leur diffuser les pires films de série C, mais pour les informer. La France voulait savoir et comprendre, et nous, nous refusions sa juste demande.

J'étais gréviste, et je clamais : « Travaillons, diffusons, informons, et lorsque la grève nationale sera terminée, nous nous mettrons en grève pour trois mois s'il le faut, et nous réformerons notre Maison. C'est à nous de le faire. Actuellement, nous trahissons notre mission et notre engagement.

La gréve nationale était terminée, et une fois encore, j'avais sifflоté dans la tempête. On me proposait de devenir directeur de chaîne. Pour faire quoi? et avec qui? Et si, vraiment, on pouvait désormais faire quelque chose? Les meurtrissures que j'avais de la grève auraient peut-être servi.

Le buffet était vide. Les journalistes étaient partis. Je pénétrais dans le bureau de Jean-Jacques de Bresson, prêt à discuter, prêt à dire « non ». Il eut l'élégance de me laisser l'initiative de l'attaque.

– Je veux bien être directeur de chaîne, mais pas à n'importe quel prix, pas pour faire n'importe quoi. Et sachez qu'il y a une chose que je déteste, c'est d'être aux ordres. De toute façon, vous ne pouvez pas me nommer directeur, car j'ai été gréviste. A moins que ce ne soit qu'habileté de votre part, et que vous me considériez comme l'affiche appliquée sur la maison pour cacher les fissures. Ou que vous vouliez prouver que tout le monde dans cette télévision a, comme disait quelqu'un, son bâton de maréchal dans sa giberne.

Il sourit :

– On m'avait dit que vous n'étiez pas facile et que la télévision était vraiment « votre chose ». Alors, ma question est simple : voulez-vous être directeur de la première chaîne? Je vous demanderai de travailler au maximum de vos possibilités, entouré des collaborateurs que vous choisirez seul, avec le budget que je vous donnerai à gérer.

C'est là que cela a fait « clic », et pas « clic-clac ». A tort, car j'aurais du dire « oui » tout de suite. Mais je n'avais pas senti, et n'avais pas compris. L'homme me plaisait, net, solide, rigoureux, chargé d'une mission qui, on le sentait, serait appliquée à la lettre. Oui, ça aurait dû faire « clac », car l'avenir, et nos rapports très fréquents, me l'ont appris, c'était un homme remarquable, un homme de devoir, qui se donnait totalement et sans restriction. Il pouvait paraître froid, mais le travail en commun m'a prouvé que c'était un homme de cœur, d'une rare sensibilité, un homme hors du commun, qui allait au bout de ses entreprises, quoi qu'il puisse lui en coûter. Je le quittais sur un « peut-être ».

Je rentrais à mon bureau, rue Cognacq-Jay. Le planton me salua d'un sonore « Bonjour, monsieur le Directeur! » C'était la première fois, mais combien désagréable! J'étais l'un d'entre eux. Je me sentais enfant de la balle pour le meilleur et pour le pire. Plus de la moitié de la Maison me tutoyait. Le reste m'appelait Pierre. Alors, Monsieur le Directeur! Étais-je si vite devenu l'ennemi? Et puis, être directeur... Suffit-il pour le devenir de pénétrer dans la peau d'un « décideur »? Non, cela signifiait autre chose. Parvenir à une nouvelle façon de réfléchir, sur la vérité et l'erreur, mais aussi sur les autres, en faisant abstraction de soi, de nous, au profit des besoins des spectateurs. Sentir la télévision comme eux, avec eux, mais aussi découvrir une nouvelle façon de réfléchir à nos métiers, en essayant de devenir « l'échangeur ». L'échangeur entre ceux qui apportent et ceux qui consomment, entre ceux qui savent et ceux qui voudraient savoir, entre ceux qui ont été là-bas et qui ont vu, et ceux qui auraient tant voulu y être mais qui ne le pouvaient pas. Pour y parvenir, il faut sans doute réfléchir jusqu'à pouvoir sentir le fond du moment, le fond de l'homme, afin de percevoir des sons que jusqu'alors on considérait comme parasites. Ce doit être aussi cela, la responsabilité.

Rue Cognacq-Jay, le « téléphone arabe » avait fonctionné à toute vitesse. Mon bureau était plein comme un œuf d'amis, de collaborateurs, de copains, d'adversaires. Une seule chose les unissait : ils étaient tous de vrais professionnels.

Une seule voix :

– Alors, t'as dit oui?

– Non, pas encore, car...

– Dis oui, nous te demandons de dire oui, car pour la première fois, le fauteuil ne sera pas occupé par un politique, un conseiller d'État, un énarque, un préfet. Pour une fois, tous ensemble, nous ferons le même métier... Tu es une belle vache, mais on t'en conjure, accepte.

Je débarrassais mon bureau de cette merveilleuse chaleur humaine, au milieu de laquelle il y avait quand même des oursins, et le téléphone sonna. C'était Pierre Desgraupes.

– Pierrot, on m'a proposé d'être Directeur de l'information de la première chaîne, mais, pour moi, il faut que tu sois le directeur de cette chaîne. Avec toi, j'accepte. Sans ça non.

– Pierre, avec toi, j'accepte aussi.

Ça venait de faire « clac »! Le déclic complet avait eu lieu. Rien n'était conclu, rien n'était prévu, rien n'était sûr, le chemin restait à tracer. Mais ça sentait bon. Il y avait de l'air. J'avais envie d'y aller.

J'y ai été, nous y sommes allés. J'ai choisi seul mes collaborateurs, tous solides, professionnels, désirant bâtir en ignorant, mieux, en méprisant la périphérie. Refusant d'avoir un adjoint, et considérant que chaque membre de mon équipe pouvait et devait remplacer un défaillant, y compris moi, au pied levé, j'ai, sans le vouloir, donné naissance à cette légende de « la bande à Sabbagh », ou plus souvent encore, du « gang Sabbagh ».

Très vite, l'état d'esprit a été créé. Nous travaillions pour le spectateur, et uniquement pour lui. Nous pensions comme les publicitaires, qui sont persuadés qu'on ne réussit pas à faire acheter un mauvais produit. Nos préférences, nos fatigues, nos joies, nos croyances n'avaient pas de place dans notre ligne de conduite. Avec la seule passion de tirer la charrette pour, ensemble, pouvoir sourire au moment du succès, nous avions longuement réfléchi, et ce qui semblait improvisation était, à vrai dire, soigneusement préparé. Nous savions que celui qui souffre seul, fait injure à ses amis.

Hanté par la communication, j'avais fourni un schéma qui prenait à contrepied les lois non écrites, et souvent non formulées, telles que « La télévision n'est pas une fin en soi ». L'habitude voulait qu'à la télévision trop de gens considérassent que cet outil extraordinaire était nôtre, donc, que personne ne devait approcher de notre forteresse, sinon ce serait la fin de nos privilèges.

Nous, nous étions certains qu'il fallait balayer de telles conceptions, et je posais à chacun une interrogation permanente : « La télévision, ça sert à qui, et à quoi? » Chaque réponse que nous pouvions donner, jour après jour, sur l'antenne, en fonction des coûts très importants amenait : « Attention au rendement, donc à l'équilibre financier! » Mais à chaque entrave de l'administration, manifestée par schémas, organigrammes, règlements, services croupions, fuite en avant, inertie, nous avions une seule réponse :

– On passera quand même!

L'interdiction fouette le désir, alors, en avant l'information, la création, l'imagination, et pourquoi pas, l'insolence! En fait d'insolence, en 1970, j'en ai inventée une belle! Les spectateurs de l'époque s'en souviennent sûrement. Cette impertinence s'appelait « Ploom », et je la devais au talent du marionnettiste André Tahon.

Ploom était une chenille extensible, insolite, effrontée, qui se déplaçait dans le cadre d'un poste de télévision. Elle regardait la caméra. Oh pardon, elle *vous* regardait avec des yeux noirs qui, sous les projecteurs, avaient les mille facettes malicieuses de l'insolence perspicace. Elle avait son heure de gloire, chaque jour, à 20 h 30, et présentait les programmes, à la façon d'une chenille animée par un courant haute tension. Je pensais que ce que l'on n'aurait jamais pu accepter d'une présentatrice ou d'un journaliste, passerait très bien par la voix d'une larve veloutée et ironique qui, de surcroît, ignorait la bienséance.

Eh bien non, non ça ne passait pas. Ça ne passait pas du tout! Cependant, j'étais comblé, car la presse me faisait un triomphe. Je veux dire que quotidiens et hebdomadaires tentaient de faire comprendre à leurs lecteurs que je devais étre un évadé d'un pavillon d'irrécupérables! Mais, tout en disant cela, ils publiaient des photos de Ploom. C'était l'essentiel. Ils me fabriquaient une vedette. Nous avons même connu des référendums : anti – ou pro – Ploom. On a vendu des tas de chenilles-joujoux. Il y eut même des bijoux fantaisie!

J'ai tenu trois mois, envers et contre tous. Et puis, une dernière fois, j'ai embrassé Ploom, et je l'ai rendue à son créateur André Tahon, qui l'a placée dans la galerie de ses deux mille cinq cents personnages.

On m'a reproché de me servir des sondages. Nous nous en sommes servis pour savoir. Avant le diagnostic, le médecin prend la température du malade. Pourquoi pas nous? Ce qui me conduisait à affirmer : « La maladie mortelle est l'indifférence, mère de l'ennui, l'horrible môme qui traîne toujours avec son copain laisser-aller. »

Enfin, dans la course d'obstacles à mener, la tête froide, nous savions que le salut appartenait à ceux qui n'étaient pas attirés par notre cuisine et que nous devions regrouper : auteurs, musiciens, journalistes, compositeurs, scientifiques, champions, poètes, voyageurs, philosophes... bref, tous ceux qui, libres, et n'appartenant pas à la mécanique, nous permettraient de dire : « Ayons les yeux ouverts, car nous détenons un formidable pouvoir qui s'appelle Liberté, au regard des trop nombreux pays où sévissent des dictatures de droite ou de gauche, chez qui, à la télévision, le mot " liberté " n'est jamais écrit ni prononcé, car il serait absolument vide de sens. »

Il fallait compter avec la critique. Elle est nécessaire. Je l'ai toujours admise. Sinon, il n'y aurait plus que la place d'un journal officiel dans le pays. Que fait le critique, en matière de télévision? De beaux papiers, dans lesquels il se garde de dire : « Ça me déplaît », ou « J'ai aimé », « C'est mon goût à moi, en face de millions de spectateurs. »

Si là était la seule forme, ce serait ramener la critique à peu de chose. Je crois que les journalistes le pensent également. Ils jugent. Mais ils jugent sur quels critères? Toujours un en face de tout un pays.

La critique de télévision est rarement imaginative, brillante et colorée. Elle est plus souvent politique, idéologique, sociale, d'école, iconoclaste, ou de combat. Elle part vers une autre planète, en oubliant le sujet principal. Ce n'est plus du jugement, c'est de la vérité assenée.

Artisans de télévision et spectateurs, nous avons vécu ensemble jusqu'au mois d'octobre 1971. En noir et blanc, bien entendu. Nous avons voulu faire *leur* télévision, et en aucun cas *notre* télévision.

En juillet 1971, Jean-Jacques de Bresson (directeur général de l'O.R.T.F.) m'a demandé de passer de la direction de la première chaîne à la tête de la deuxième, avec une prise d'antenne le 1er octobre 1971.

Cette fois, la mission se révélait extrêmement différente :

– Faire des images couleur, c'est bien; les diffuser, c'est mieux; que les Français les reçoivent, c'est indispensable. C'est votre mission, elle est claire, Sabbagh, faites vendre des postes couleur, donnez aux Français le goût de la couleur, soyez bruyant. Je sais que vous pouvez l'être!

La couleur, enfin! Il n'était pas question de refuser. Comment gagner cette partie? Je réfléchissais. Tout d'abord, emmener mon équipe de la première chaîne. J'ajoute deux ou trois émissions vedettes de la première chaîne qui, je l'espère, conserveront leur audience et conduiront vers nous les spectateurs, même ceux du noir et blanc.

Il a dit « être bruyant ». Alors, étonner, désarçonner, choquer si besoin est, casser les habitudes et tenter de surprendre, si possible avec l'insolence de Ploom. Changer le commentaire, par exemple. Pour une rencontre d'athlétisme, les journalistes sportifs devront dire : « Puisque vous avez la couleur, sachez une fois pour toutes que les Français sont en maillot bleu, les Anglais en blanc, les Soviétiques en rouge, les Allemands de l'Est en bleu cerclé blanc. Ainsi, vous comprendrez mieux les épreuves et la tactique de chaque athlète. »

Si on reçoit cela en noir et blanc, on doit se sentir frusté. Et peut-être, peut-être, a-t-on alors envie de casser sa tirelire pour avoir la couleur?

Je fouille les tiroirs. Qu'y a-t-il de prêt? Je pèse les émissions, cherche celles qui pourraient correspondre à la ligne que je choisis. Et, tout à coup, merveille, je découvre, prêt à diffuser, déjà payés, les films. Des films signés Raoul Walsh, Henry Hathaway, Fred Zimmerman, Howard Hawks, John Ford, John Huston, Elia Kazan, Anthony Mann, Nicholas Ray.

Je décide de faire un festival western, au rythme hebdomadaire. Sans interruption, j'ai tenu quarante-deux semaines!

Je regarde encore dans le stock de films, et j'y trouve Fritz Lang, Murnau, Eisenstein, Bondartchouk, Karl Dreyer, Danskoï, Luis Buñuel. De nouveau, je plonge, et décide de créer le « Ciné-Club. »

Grande novation à la télévision. Je décide, créant des cycles, de commencer sur la chaîne couleur, la chaîne de demain, par du noir et blanc. Et qui plus est, du noir et blanc en muet! Avec pour premier film, *Le Docteur Mabuse*. Depuis 1971, le « Ciné-Club », non seulement ne s'est pas interrompu, mais a fait des petits sur d'autres chaînes.

Il fallait casser les habitudes. Alors, j'ai établi une programmation pour un mois, en changeant les jours et les horaires.

J'ai placé les « Les 5 Dernières Minutes » à la place de « Alain Decaux raconte », les Carpentier avec Bécaud à la place de « Daktari », Guy Lux à la place de Jacques Chancel, « Les Envahisseurs » avec la musique pop. Armand Jammot consolide ses « Dossiers de l'Écran » et je lui installe « Le mot le plus long » auquel j'ajoute « Le compte est bon » au rythme quotidien. Et pour faire bon poids, je place Herbert von Karajan avec quatre-vingts musiciens à 20 h 30.

Le moins que je puisse dire, c'est que tout le monde n'est pas satisfait. La presse s'en fait l'écho, m'offrant ainsi une très belle publicité.

Le président de l'O.R.T.F. m'oblige à être présent à une conférence de presse, au cours de laquelle, avec un air de chien battu, je dis que... je me suis peut-être trompé, qu'on ne peut pas plaire à tout le monde. Mais qu'il n'y avait de ma part aucune malignité. Pour novembre et décembre, je ferai une autre programmation. Je ne sais pas encore laquelle. Elle sera très différente, compte tenu des remarques. J'ajoutais, qu'en janvier 1972, j'avais l'intention de faire autre chose, dont je parlerai le moment venu. Bref, le timide repentant!

J'avais établi avec mes collaborateurs, six mois de programmes hypothétiques totalement fous, qui devaient, si nous parvenions à tenir cette frénésie, nous mettre sur orbite fin mars 1972. Nous n'avions rien à perdre et tout à gagner. Nous avons inventé un journal télévisé nouveau, jeune, cherchant à créer l'événement. Il devait gagner. C'est ce qu'il a fait. Six mois après, l'objectif atteint, nous sommes devenus plus calmes, plus raisonnables. Il en était temps.

Je fixais un nouvel objectif : décembre 1974 devait voir la Deuxième Chaîne couleur (c'était son nom) posséder en stock un an de programme d'avance. Cela afin de pouvoir prendre des risques de productions originales, sans danger pour le spectateur.

Décembre 1974, nous étions parvenus à dix mois de programmes prêts à diffuser. Puis, ce fut l'éclatement de l'O.R.T.F. en sept nouvelles sociétés... La « bande à Sabbagh » s'est dispersée. Tous, ouvriers de la télévision, nous avions fait du bon travail. Nous avions atteint les objectifs. Nous n'avions, en aucun cas, fait *notre* télévision. Nous avons, je crois, apporté à un nombreux public des satisfactions en noir et blanc, puis, comme j'avais reçu mission de le faire, après, en SECAM couleur. On a été jusqu'à me dire que le public considérait que la Deuxième Chaîne était, pour lui, devenue la première!

Les moments évanescents

Il semble que mes activités à base de sons et d'images soient motivées par un désir profondément ancré qui me conduit à fixer l'instant qui passe, pour le mieux comprendre.

Tout cela s'appelle photographie, cinématographie, ou qui plus est, prises de vues vidéo, car, en partant d'éléments vrais mais transformés avant l'objectif, puis travaillés, montés, mixés, truqués après prise de vue, cela devient une autre écriture. Chacun peut clamer avec les mêmes éléments des choses totalement opposées.

Pour moi, l'outil de base est l'appareil photo, et pas du tout, comme on pourrait le penser, la prise de vues animée et sonore, qui est à mes yeux trop complète, conçue pour un produit fini préfabriqué et destiné à être modelé à l'envie. Dans tout cela, il ne s'agit là que d'objets auxquels il convient de donner une âme. Il faut un appareil photo, léger, simple avec lequel on fait l'amitié. L'appareil photo complice, l'appareil photo solide et complet avec lequel on fait l'amour. L'appareil photo conçu de telle façon, que la brute imparfaite qu'est l'homme soit capable à un moment précis de goûter la vie, et, en gourmet, de la déguster, je veux dire de l'analyser. Ainsi, il pourra comprendre ce qui l'avait alerté au 1/100 de seconde, et il pourra avancer, grâce à la source de joie et de compréhension que ce moment dérobé lui aura procuré.

J'ai cerné ce que je ressentais le jour où, en faisant une émission avec Édouard Belin, il m'a appris qu'il avait, à la fin du siècle dernier, inventé le premier appareil photo réflex.

– Vous voyez, mon jeune ami, ce fut un besoin, car j'étais timide, je n'osais pas parler aux jeunes filles qui me plaisaient. J'en avais remarqué une, dans la rue, je l'avais suivie, je savais où elle habitait, alors je fabriquais un appareil réflex avec des morceaux de noyer vernis, et ainsi je pourrais la photographier en marchant devant elle, sans qu'elle s'en aperçoive, car vraiment de face je n'aurais jamais osé. Je portai l'appareil sous le bras, l'objectif braqué vers l'arrière. Je cadrai à la « va comme je te pousse », et je déclenchai. Vite, je développai et je me précipitai devant le domicile de l'aimée. J'attendis longtemps, et quand elle sortit, enfin, sans rien lui dire, rougissant, je lui montrai « sa » photographie. Ce jour-là, ça n'a pas marché. D'autres fois oui, même très bien.

– Vous avez gardé le cliché?

– Non, pourquoi? Ce qui est important, c'est de faire la photo. Après...

Et cela l'a conduit à inventer la téléphotographie et la téléautographie.

Oui c'est vrai, ce qui est important, c'est de faire la photo. J'ai fait des milliers de négatifs, grâce à une vingtaine d'appareils différents. Je ne sais pas où sont ces photos. J'ai gâché un nombre considérable de pellicules pour tenter d'enfermer la lumière qui à ce moment-là me disait. Quoi? Je ne sais pas. La lumière est fluide et changeante. Vite, un diaphragme et une vitesse d'obturation. Que dit cette lumière? Peut-être me trompe-t-elle, parée des rayons du soleil qui se trace un chemin dans l'humidité de l'air? Peut-être serais-je incapable de faire cette photo. Ça y est. Je me suis sûrement trompé. L'image va manquer de profondeur de champ. J'ai affiché 3,5, il fallait fermer à 5,6. Pourquoi me suis-je trompé? N'ai-je pas été abusé par mon œil, par mon doute, par mon besoin?

Je n'avais pas commis d'erreur. La photo, nimbée de lumière, était différente de mon désir, mais très belle. A la limite d'une mini-décharge d'ordures bordée de noisetiers, se trouvaient deux ou trois plans de groseilliers dont les fruits éclataient de santé et de joie, à travers un grillage rouillé, sous les rayons d'un soleil intermittent qui venait d'apparaître après la pluie. J'ignore si la photo se trouve dans un tiroir, mais ce dont je suis certain, c'est qu'elle est en moi à tout jamais. Pourquoi ai-je eu besoin de la fixer? Pourquoi l'ai-je volée?

A d'autres moments, lorsque je doute (je doute toujours et de tout,) je fabrique la photo pour savoir. Ma fille est dans le jardin, à la campagne. Elle a un visage fermé, presque triste. Nous bavardons. Elle n'est pas triste. Elle cache quelque chose, quelque chose d'important pour elle, qui ne regarde qu'elle.

– Elizabeth, viens par ici, je voudrais faire une photo de toi devant la vigne vierge. Oui, là, tourne-toi. Ne t'occupe pas de moi, reste avec toi seule.

Je l'ai placée à l'angle de la vigne vierge et d'un mur blanc qui va me servir de réflecteur et qui va l'éclairer, qui va peut-être faire dire au visage ce qu'il tente de garder pour lui. Ce n'était pas la tristesse. La petite lumière dans les yeux a parlé. C'est une très grande joie, très personnelle. Elle voulait la savourer seule.

La couleur, c'est merveilleux. Avec les pellicules actuelles, on fait ce que l'on veut, mais si on désire s'évader, il faut revenir au noir et blanc. Avec la couleur, on peut tomber dans une mièvrerie qui vous englue, ou bien se heurter à une palette violente qui s'impose en vous dictant ses ordres. Seul le noir et blanc permet une promenade sans contrainte. La fantaisie, la sensibilité, la pulsion incontrôlée pourront après, colorer chaque valeur avec la palette du moment. Chaque individu est capable, en partant du même négatif, de posséder une image personnelle, celle du cœur. Il est prouvé que celle que l'on aime est plus belle pour soi que pour les voisins, tant il est vrai que créateur et chose créée sont indissociables.

Pour le cadrage, il en va de même. On cadre en hauteur, en largeur ou au carré, cela dépend de l'appareil. On cadre avec une optique fixe ou un zoom. Pour moi, tout cela a peu d'importance, car je cadre après, sur les épreuves, avec des ciseaux.

Je fais sauter ce qui me gêne. Au milieu de ce trio, seul le visage de droite exprime quelque chose. Ce vol d'hirondelles, que j'ai saisi en plein ciel, mérite d'être cadré en bande étroite et très longue, afin de faire sentir qu'elle partaient vers le sud.

Pour restituer le jeu du soleil dans ces peupliers, il faut cadrer très étroit en hauteur, pour obtenir « la grille du Levant ».

J'ai fixé l'instant et l'acte, après je tente de le placer dans la niche que mes phantasmes lui indiquent. C'est le contraire de la science et de la raison. Et puis, il y a les photos que je n'ai pas faites, car à ce moment-là, c'était la distraction, micros et caméras, ou autre chose. Je ne pratiquais plus l'instant volé mais le moment choisi.

C'est ainsi que j'aurais aimé faire les photos des moments évadés où, tandis que, tendu vers ce que l'on voulait me montrer, une étincelle a jailli, et que je n'ai pas su, ou pas pu, cueillir pour la placer dans mon jardin secret. J'aurais voulu disséquer : la photo de l'arrière-pensée et de la préséance, à la seconde où le président Eisenhower allait rencontrer pour la première fois le président de Gaulle en terre de France.

La photo du mot « réconciliation » qui ne veut pas dire oubli, prise dans la tribune d'honneur du stade de Colombes, lors du premier match de football France-Allemagne, après la Seconde Guerre mondiale. Les bancs disparaissaient sous les pyjamas rayés des déportés survivants. L'équipe d'Allemagne eut le bon goût de perdre.

La photo d'une autre culture, d'une autre foi que la nôtre, le visage de M. Léopold Sédar Senghor, souriant, dans la grande salle du palais du gouverneur de Dakar, alors qu'arrivait le président Vincent Auriol, tandis qu'éclataient les vitres et que se balançaient dangereusement les lustres, mus par une population ivre d'eau pure et de bonheur.

La photo des amitiés de façade en forme de bras de fer, prise devant la baie de Naples au moment où Hitler dans la voiture de Mussolini arrivait au bord de la mer, et que trente sous-marins faisaient surface ensemble.

La photo d'une leçon de démocratie à l'usage de tous, montrant Nikita Khrouchtchev indiquant à Pierre Sabbagh où il fallait, dans l'image, placer son interprète par rapport à lui, et Sabbagh, appuyé sur une caméra, visage de pierre, faisant semblant de ne pas comprendre.

La photo de la naissance de la Mondovision, de l'instant immatériel, ne pouvant pas impressionner la pellicule, où sur le pupitre de mélanges, là sous mes doigts, la première image allait, en direct, traverser l'Atlantique et frapper plus de cent millions d'hommes, malgré les frontières, les distances, les religions, les langues, les cultures, les choix politiques.

Des photos, des centaines de photos. Tout cela est fou et faux, car ces photos ne peuvent exister que pour moi et ne peuvent parler qu'à moi.

Pour que de telles images frappent ma sensibilité, il a fallu qu'à cet instant précis, mon objectif personnel soit orienté vers le moment où... et qu'une des facettes de ma tendresse soit placée de façon à recevoir un rayon de lumière, annoncé en moi par « une petite musique ». Alors, je tente de gagner, mais je ne peux plus compter mes échecs.

« Au théâtre ce soir »

Le titre m'est venu tout simplement à l'esprit. Je l'ai gardé : « Au théâtre ce soir. » Je sais le théâtre que j'aime : Cocteau, Sartre, Camus, Montherlant, Anouilh, Salacrou, André Roussin, Marcel Aymé, Félicien Marceau, Marcel Achard, Audiberti, Beckett, et, bien entendu, Molière, Shakespeare, et... mais... Il ne s'agit pas de « Mon théâtre ce soir », mais du théâtre du plus grand public. D'un théâtre dont la salle comporterait quinze millions de fauteuils confortables (folie, Ephèse n'avait que vingt-cinq mille places), d'un théâtre où chacun serait libre de percevoir le temple où résonnent la sonnerie et les trois coups, nimbé par les ors et les pourpres, afin de se sentir en communion de pensée, d'émotion, de sensation, d'action ou de rire avec la scène et la salle.

Vagabondage d'ivrogne? Non, il faut, pour raisonner sainement, ne pas partir du théâtre, mais de l'outil et de ses utilisateurs : le poste de télévision et la multitude des spectateurs.

Lorsque, après avoir créé le *Journal télévisé* en 1949, je tentais de diversifier les rubriques, afin d'être le plus complet possible, j'envoyais des caméras aux premières ou aux générales des théâtres où l'on voulait bien nous accueillir. Nous ne faisons que notre métier. Une année, je voulus bâtir une émission sur la saison théâtrale écoulée. Je fis monter bout à bout nos rubriques, dans lesquelles il y avait, théâtre traditionnel, théâtre classique, théâtre engagé, théâtre d'essai, théâtre de boulevard, théâtre de l'absurde, théâtre populaire, théâtre national et théâtre privé, et je découvris ce que j'aurais dû voir et savoir depuis toujours : La salle n'existait pour nous, téléspectateurs, que lorsqu'elle vivait. La lumière du théâtre était inconsommable par la télévision. Les téléspectateurs devant leur récepteur se trouvaient dans une situation psychologique telle qu'ils ressentaient les sommets mais pas les cheminements. S'il est impossible de faire rire à la télévision, car on vous fait taire, ou pire, vous perdez la continuité, cela devient très facile à la même télévision lorsqu'on peut disposer d'un « public relais » qui ménage les temps de réaction, et que la pièce est interprétée par des comédiens de qualité qui savent jouer avec la salle. Il est obligatoire d'avoir une salle pleine lorsque l'on joue un texte que l'auteur a écrit pour le public. Lorsque l'action est tournée pour la télévision en continuité totale, elle se déroule au rythme cardiaque des comédiens, donc des spectateurs. Alors, tout peut passer. La mise en scène et les décors de théâtre sont absorbés par les caméras de télévision, sans aucun bénéfice. Donc, il faut faire autre chose. Malgré tous les éléments contraires, le théâtre à la télévision faisait passer une vie, un souffle, un climat extraordinaires, car salle et scène se cherchant, chacune parvenait à se sublimer dans le registre proposé.

En mettant le tout dans un shaker, en agitant fort, une solution m'est apparue : le théâtre le mieux adapté à l'outil télévision semble être le théâtre de boulevard. Ennuyeux, car je connaissais mal ou peu. Alors, je fis connaissance. Découverte réussie, donc agréable, et conforme à ce que j'attendais pour nos émetteurs rayonnants.

En 1957, j'établis un projet détaillé, avec textes, durée, prix moyen, postes techniques, etc. Les directeurs de télévision successifs s'accordèrent tous pendant neuf ans pour me refuser le projet. Quelques fois, très fermement. J'étais même parfois l'objet de calembours et de commentaires attristés. Au mois d'avril 1966, Claude Contamine qui dirigeait la télévision, me demanda de concevoir et de réaliser les programmes de l'été. Sans savoir s'il y avait de l'eau dans la piscine, je plongeai.

– On va mettre comme poutre maîtresse « Au théâtre ce soir ».

Claude Contamine m'avait déjà refusé ce projet trois ou quatre fois. Alors, j'enchaînais :

– C'est pas cher, c'est rapide, c'est nouveau et techniquement simple à faire. La mission de la télévision française est de s'adresser à tous les Français. Comptez combien il y a de fauteuils de cinéma et de fauteuils de théâtre en France. Essayez de savoir où ils se trouvent. Vous me donnerez raison, car la télévision, elle, va partout.

Il me dit « oui », sans doute par lassitude et, au mois de juin 1966, j'enregistrai au rythme infernal de deux pièces par semaine. L'antenne n'attend pas. C'est en essayant de faire sourire que j'ai voulu guérir les hommes de leurs maux et de leurs travers favoris.

En 1981, nous avons dépassé le chiffre invraisemblable de quatre cents pièces différentes, ce qui représente environ un million de lignes, interprétées par à peu près 1 600 comédiens, dans 4 310 costumes originaux, et 1 023 décors, pour un temps d'antenne de 975 heures. Tout cela, au profit d'une audience cumulée que l'on peut évaluer au minimum à 5 milliards 200 millions de téléspectateurs, pour qui « Au théâtre ce soir » est devenu une institution.

Le public se gausse lorsque l'on programme, et hurle dès que l'on supprime. La presse s'affirme plus constante dans ses critiques, parmi lesquelles on trouve toujours : « Navrant, débile, ennuyeux, dégradant, idiot, conventionnel, pénible, affligeant. » Pour qui prend-on les téléspectateurs?

Cela me fait penser aux critiques littéraires qui classent les Français qui achètent des livres, en « lecteurs » ou « liseurs »; les premiers représentants 5 p. 100 de la masse des seconds, mais il paraît qu'il conviendrait d'écrire pour ces 5 p. 100. Pourtant, toute écriture n'est pas obligatoirement littérature.

Les administrateurs de télévision, s'ils pensent la même chose que la presse, ne le disent pas, car « Au théâtre ce soir » est l'émission de fiction la meilleure marché. Et grâce à la classique équation « qualité-prix-audience », nous détenons le ruban bleu. Comment cela est-il devenu possible? Car en télévision, il faut le dire, les miracles se font rares.

Au « théâtre ce soir » est né de l'amitié qui me liait à Robert Manuel. Je lui parlai de mon projet, et lui dis que les théâtres que je connaissais ne pouvaient pas convenir à mon entreprise, qui prévoyait huit enregistrements en quatre semaines. Directeur artistique du Théâtre Marigny, il me conseilla son théâtre. Méfiant, je demandais à voir ce théâtre qui avait été récemment complètement refait.

Debout derrière la dernière rangée de fauteuils d'orchestre, je m'aperçus que mon œil était à la même hauteur que l'œil du comédien évoluant sur une scène qui n'avait pas la moindre pente. Excellent pour les caméras, car on a tout de suite la dimension humaine et la perspective ne peut pas être faussée, surtout avec une profondeur de douze mètres sur une ouverture de dix mètres de manteau et de dix-sept mètres aux cheminées. Je vis un jeu d'orgues tout neuf avec des branchements corrects, j'aperçus dans les cintres cinquante-neuf perches, l'entrée et la sortie des décors par la roseraie donnant sur les jardins des Champs-Élysées, une fosse d'orchestre, des dessous aménagés et neufs. Tout cela se présentait très bien.

– Ne t'emballe pas, il faut voir Elvire Popesco, me dit Robert Manuel. Je lui ai annoncé ta visite. Nous allons aller la voir dans sa loge.

J'étais moins faraud. Je ne connaissais Elvire Popesco que par son talent et sa fougue, de surcroît, j'étais sur son terrain. Elle me recevait dans sa loge, loge-appartement, centre de la vie de cette grande dame du théâtre. Elle m'accueillit de façon charmante. Elle n'était ni « La Mamma », ni « Nina », ni « La Voyante ». Elle était elle-même, merveilleuse de séduction et de présence, impératrice de ce monde où l'illusion est reine, et où les sentiments jonglent avec les personnages et les situations. Ce fut la femme qui m'accueillit, mais d'entrée je compris qu'elle entretenait les meilleurs rapports avec l'impératrice.

– Que cherchez-vous?

Sourire.

– Que souhaitez-vous faire?

Regard en biais.

– Peut-on vous aider?

La main replace le collier.

– La télévision et le théâtre peuvent-ils cohabiter?

Rire perlé.

Et comme je me demandais par où j'allais commencer et comment j'allais pouvoir me faufiler, je reçus en plein visage :

– Alors, tu dis ce que tu veux, ou tu es venu seulement pour visiter?

C'était bien elle, je la reconnus. Robert Manuel était derrière moi. Plus loin, il y avait un grand monsieur maigre qui paraissait triste, et dont le silence semblait être la demeure. Tout à trac, je vidais mon panier, scandé par des « voui voui » et des « c'est ça, c'est ça ». Tout à coup, elle m'arrêta :

– Tu as beaucoup d'argent?

– Oh non, madame.

– Tu vois, Hubert, dit-elle au monsieur triste, ils sont tous pareils, pas un sou. Mais ça fait rien, ça fait rien, dis encore...

Je continuai et conclus dans une belle envolée :

– Je crois, Madame, que le mariage du théâtre et de la télévision peut être profitable à tous.

– Voui voui, mais tu n'as pas d'argent.

– Si, Madame, un peu...

– Tu vois, Hubert, ils sont tous pareils, ils ont de l'argent, mais ils ne veulent pas le dire... Alors, tu commences quand?

Je savais qu'en jouant elle vivait totalement le personnage et son verbe. Mais ce jour-là, je me suis aperçu que, dans la vie, elle jouait un personnage qui n'avait absolument pas besoin d'auteur, car elle était tout à la fois et elle savait parfaitement découvrir et placer les situations, en situation.

– Très bientôt, Madame, si c'est possible dans un mois. Mais, puis-je me permettre de vous demander pourquoi, si vite, vous avez dit « oui »?

– Regarde Hubert, me dit-elle, en me montrant le monsieur triste, c'est Monsieur Hubert de Malet, le directeur de ce théâtre, il s'endort, alors toi, tu vas le réveiller!

Éclat de rire.

– Regarde la gueule qu'il fait, c'est formidable!

– Madame, il faut, pour être honnête, que je vous avoue que nous sommes gros et lourds et que pour passer nos câbles, il va falloir faire percer des orifices dans la maçonnerie du théâtre.

– Hubert, vas chercher la pioche, qu'il fasse ses trous et qu'il nous foute la paix. Alors, quand est-ce que tu commences?

C'est extraordinaire, elle avait accepté. Elle avait accepté parce qu'elle avait tout compris.

Hubert de Malet se révéla à l'opposé du monsieur triste supposé. C'est un homme aux qualités rares. Modèle des directeurs de théâtre, il connaît le prix du béton, et celui du mètre de toile de jute, la portée du projecteur à iode, ce que le public refusera, la qualité d'une sono. Il sait parler aux machinistes, et choisir un jeune premier. Il connaît les argots et les langages de ces métiers, mais à la ville, il parle comme tout le monde. Il juge un texte plus avec sa sensibilité qu'avec sa raison, et choisit la distribution qui sera la meilleure pour le texte, mais aussi pour le public. Avec lui, je suis monté avec joie dans le bateau.

Bientôt, la compréhension engendra l'amitié. Nous entrions dans une équipe, et mon équipe existait déjà. Elle est devenue une seule et même équipe, chacun tentant de comprendre l'autre, chacun faisant concessions et apprentissage.

En seize ans de travail continu, pas un seul membre de l'équipe permanente n'a changé. Elvire Popesco, Hubert de Malet, Robert Manuel, Jean-Jacques Bricaire, Roger Harth, Donald Cardwell, Lucien Billard, Yvette Boussard, Guy Mauplot, Edward Sanderson, Michel Andreassian, Monique et Odile, et tous les autres, cinquante en tout.

Nous sommes restés amis, malgré les coups de gueule qui font du bien et nos différends nécessaires, car le courant passait entre nous, et comme toujours dans ces cas-là, le gain était très loin derrière l'intérêt. Beaucoup de gens ont essayé de comprendre, mais n'y sont pas parvenus. Ils ne savent pas combien il est agréable de faire un travail en commun, de A à Z, travail destiné à tous. La plupart des comédiens nous ont aidés. Les metteurs en scène ont apporté leur art, leur travail, car mettre en scène pour une salle de mille personnes, alors que quinze millions de spectateurs regardent à travers les caméras, est une œuvre très difficile, et chaque fois à recommencer.

Tout le monde n'est pas d'accord, et je n'ai pas à défendre ou à justifier « Au théâtre ce soir ». Puisque nous travaillons pour le public, c'est à lui de nous accepter ou de nous rejeter. Étant donné l'audience considérable de cette émission, l'on peut dire que nous avons créé la plus grande salle de théâtre du monde.

On m'a reproché le choix des pièces, la technique d'enregistrement. L'un explique l'autre, car les mêmes textes, joués par les mêmes comédiens, en studio, avec une technique électronique ou cinématographique sophistiquée, auraient conduit à l'échec. Le moteur, c'est le rire, la participation, la communion avec la salle. La réussite vient du bonheur, le bonheur que nous tous, gens de théâtre et de télévision, comédiens et metteurs en scène, auteurs et électroniciens, éprouvons lorsque nous sommes reçus par une salle vivante, vibrante, saine et heureuse. Nous savons, à ce moment-là, que le téléspectateur, lui aussi, pourra recevoir et paraphrasant le valet de comédie, il peut dire : « Je m'empresse de me réjouir, car je suis beaucoup trop souvent conduit à pleurer. »

En effet, le public rit. Et les très bons comédiens qui travaillent avec nous, ménagent les temps de rire, les effets, les intentions de l'auteur, en fonction des réponses du public, donc des téléspectateurs. Et si je parle de bonheur, c'est parce que jamais deux fois de suite un comédien n'est semblable, jamais deux fois de suite une salle ne réagit de la même façon. Il se passe quelque chose de merveilleux, que l'électronique peut transmettre, mais ne peut pas créer. C'est le privilège et la joie de l'Homme. C'est un acte d'amour.

La matière noble, la base, est le texte de l'auteur, qui écrit non pour les caméras mais pour le public de son époque. Hélas, j'ai beau regarder autour de moi, j'en aperçois de moins en moins.

Il semble que le mot d'ordre auquel obéissent auteurs et metteurs en scène soit : « pas sérieux, pas grave, pas désespéré, s'abstenir ! »

Et pourtant... On peut tout et mieux traiter par le rire, la satire, la dérision et l'imagination. N'est-ce pas, Aristophane? Vous qui nous avez offert Lysistrata, cette meneuse, réunissant les femmes de l'Attique pour faire la grève de l'amour, afin que cesse la guerre entre Athènes et Sparte. Problème grave, traité par le rire, comme l'ensemble du théâtre comique grec, qui était politique, satirique, féroce, lié à l'actualité brûlante. Les auteurs se penchaient sur les hommes de leur temps, et avec des plumes acérées, grâce à l'encre de l'ironie, ils traitaient les problèmes de l'époque. Ils vivaient les yeux ouverts.

Oui, c'est vrai, il y en a eu d'autres à qui j'ai fait appel : Molière, Goldoni, Marcel Achard, Jules Romains, Georges Feydeau, Marcel Pagnol, Sacha Guitry, Courteline, André Roussin, Jacques Deval... Quel que soit leur talent, leur nombre est suffisant pour faire vivre un théâtre, qui doit se trouver en prise directe avec l'homme d'aujourd'hui, fils de l'homme de toujours.

A la fin de 1983, le président de TF 1 m'a indiqué que la disparition de « Au théâtre ce soir » depuis deux ans pénalisait son audience, et que, pour retrouver des chemins connus et souriants, il me fallait reprendre cette émission. Ainsi fut fait. Ce n'est plus exactement le même « Au théâtre ce soir ». Ce ne sont plus les mêmes équipes, mais c'est toujours moi qui vient, jour et nuit, hanter les décors pour aller au-devant du spectateur, qui a tant besoin de sourires, de distractions et de rires.

Mes échecs

Souvent, je me suis demandé pourquoi, à la télévision, le message ne passait pas. A un moment ou à un autre, quelqu'un, inconsciemment ou volontairement, avait « décroché ». Pourquoi? Plus d'envies, plus de besoins, plus de curiosités? Peut-être. Mais la faute en incombe à ceux qui font, ou qui permettent que se fasse, le programme.

La télévision est devenue un univers clos, tourné vers l'intérieur qui, sûr de sa raison, se refuse à modifier son discours. Sa certitude est telle qu'elle va jusqu'à nier les autres univers, ceux dont les décors fragiles constituent les écrins de notre vie personnelle et collective. Oui, la terre tourne, les hommes changent, les mots s'usent et tout va plus vite. C'est pourquoi la télévision va devenir le *fast food* quotidien d'images et de sons, pour les humanoïdes consommateurs que nous sommes, chaud dans un carton, à toute heure, à consommer maintenant ou plus tard, en s'efforçant de ne penser à rien. Il faut bien mettre du charbon dans la machine.

« *Payez, consommez, et dites merci.* »

Alors, qui se plaint de quoi? Je me plains, parce que si nous utilisons les mêmes outils, nous ne les utilisons pas de la même façon. Les résultats et les conséquences diffèrent. Peut-être êtes-vous dans le vrai, et moi dans le royaume de la déraison. Si c'est le cas, il me faut clamer bien haut et bien fort que, depuis trente-huit ans, je refile à tous et à chacun des images qu'il faut comparer à de la fausse monnaie. Par contre, si j'ai raison, je le dois à quelques notions que je tiens pour vérités et qui, amassées, sont devenues, grâce à mes « échecs », des « évidences ». (L'ancien français nous apprend que le mot « échec » veut dire butin.)

Je n'ai jamais fait la somme de mes évidences, car elles ne m'assaillent qu'en fonction de mes besoins. Aujourd'hui, pour les curieux, je me permets de répandre sur le papier une poignée de mes échecs.

Il est nécessaire que celui qui a la charge de « la ligne de programme » soit un homme seul face à lui-même. Il est indispensable que ce responsable soit un théologien de la télévision, qui puisse passer du littéral au mystique.

Un homme qui ne rêve pas n'est pas un homme, peut-être un légume inoffensif à forme humaine! Seul le message compte. Qu'il soit hertzien, cinématographique, instantané, sur basse ou haute fréquence, en noir ou en couleur, à destination de mille spectateurs ou de deux milliards d'entre eux, gratuit ou onéreux... Seuls le contenu et la forme peuvent avoir une valeur. Si, en télévision, l'argent est un très bon serviteur, trop souvent, sans prévenir, il sait se transformer en maître tyrannique, fustigeant des professionnels servils ou intéressés.

A la télévision, qu'on soit maître ou serviteur, si on ne désire pas être broyé et soumis, il faut échapper à l'appareil, plus, aux appareils, quel que soit le prix de ce refus.

Dans le choix des programmes, l'attitude la plus coupable est l'indulgence, hétaïre qui, sous un parfait maquillage, sapera à jamais l'autorité.

Pour diriger une chaîne de télévision, il est nécessaire d'être parvenu à un âge où l'égoïsme conduit à travailler pour les autres. En télévision, il convient de savoir qui est qui et qui fait quoi. Si aucune réponse n'est donnée, il est implicite que le « récepteur » est au service de l' « émetteur ».

Ce qui manque à une émission de télévision, pour qu'elle soit bonne, c'est l'idée qui devrait se cacher dans la tête du patron. Une émission est bonne lorsque l'audience qui l'a suivie l'a jugée bonne.

En production télévisée, liberté devrait toujours être suivie de sa compagne responsabilité. Il est dans le pouvoir de la télévision de précéder les mouvements d'opinion, mais il est dangereux de les provoquer, car l'outil n'en permet pas le contrôle.

Pour que l'ensemble d'un programme de télévision soit un enrichissement pour l'audience, il n'est pas nécessaire d'avoir trésors d'argent et de technique. Par contre, il est obligatoire qu'à l'origine il y ait une âme.

Ceux qui pensent que la télévision est science exacte et pompe à finances se sont trompés de plateau. Il convient de les diriger vers le studio A, le plus beau, le plus grand, celui qui est sur la façade, et où on a remplacé les hommes par l'informatique, le cœur par l'électronique, le talent par les circuits intégrés, et l'amour par un satellite géo-stationnaire à canaux multiples.

On ne peut indiquer aux autres comment il convient de jouer, si on ne le sait pas soi-même. N'est-ce pas, Monsieur le Directeur?

Pour faire de l'information télévisée, il faut se souvenir qu'il n'est pas obligatoire d'attendre qu'un « événement » soit devenu une « bonne nouvelle » pour oser prendre l'antenne. Pour le patron, là plus qu'ailleurs, il faut beaucoup de courage, et un sens très aigu des responsabilités, pour oser dire « oui », comme pour oser dire « non ».

Le message télévisé s'adresse X millions de fois à un seul spectateur, ni choisi ni désigné, mais qui reçoit avec fidélité cette sorcellerie quotidienne. Chaque spectateur est fragment d'un cercle anonyme auquel il n'appartient pas. Il est :

seul, face à ses conflits, ses besoins, ses croyances;
seul, face à sa vérité, impalpable, mouvante et brillante;
seul, face à ce qu'il croit, par moments, être « son moi »;
seul, pour décrypter le message, grâce à son alphabet personnel.

Pour que la télévision soit autre chose qu'un outil, il faudrait que les créateurs et les hommes de programmes sentent qu'une image émise est une pensée qui s'envole vers ceux qui l'attendent.

Feuilles d'automne

Dans ma vie professionnelle, j'ai connu la chance visible et perceptible par tous. Par hasard, on m'a confié un micro branché sur le réseau d'émetteur radio. Je pouvais, moi, le petit, le rien du tout, parler à toute la France. « Attention, la pente est raide, les crampons sont nécessaires, l'erreur ne pardonne pas », me disais-je.

Un autre hasard a voulu que j'invente et que je crée le *Journal télévisé*, ce qui m'a ouvert en grand les portes de la télévision. « Attention, danger, ça ne va pas durer... »

Ces deux énormes chances sont devenues le centre magnétique d'un bouquet de petites chances que le hasard m'a consenti.

Je me suis juré d'éviter de faire la télévision de quelques-uns, au profit de la télévision de tous. Cela n'a pas été sans bosses, coups et plaies, mais c'était pour moi un acte d'amour vers le public, ce public à qui nous devons tout. J'y suis parvenu, notamment lorsque j'ai dirigé la Deuxième Chaîne.

Par moments, je ressens la nécessité de retourner aux sources dans une clairière enfouie dans la forêt qui a pour nom « vidéo ». Au centre, se trouve un très vieil arbre entouré de feuilles mortes qui lui font un tapis d'honneur. On le croirait mort s'il n'y avait, à la base du tronc, sept rejets orgueilleux qui poussent droits vers le ciel, où sont les satellites. Autour du tronc noueux sont placées trois chaînes rouillées où pendent trois plaques de cuivre, vertes d'indifférence. Sur la première, on peut lire : R.D.F., sur la deuxième : R.T.F., sur la troisième : O.R.T.F.

J'aime me pencher sur les feuilles de l'arbre de la communication. Sur l'une, on peut lire : « La télévision est un divertissement débile, juste bon à abrutir le pays. » Pas de signature, une date : 1950.

Une autre : « Embrassons-nous, les téléspectateurs nous regardent. »

Sur celle-ci : « Les armes scientifiques (la télévision?) peuvent servir aux gouvernements, non aux peuples... » Signé Ernest Renan.

Une coupure de presse : « Les hommes politiques se servent de la télévision, les intellectuels la critiquent mais refusent de se compromettre en créant ou en participant... » 1960.

Une critique : « Grâce au nouveau statut, la R.T.F. échappera peut-être à l'État, mais pas à la S.F.I.O. *Bulletin de Paris*, juillet 1956.

Une feuille sonore. Écoutons : « Les ouvriers dans dix ans seront plus intelligents que nous. Pendant que nous dînons en ville, eux, chaque soir, ils se cultivent devant leur récepteur de TV. » Paul Reynaud, 1960.

Feuille morte en forme de cigare : « Il y a trois pays neutres en Europe : la Suisse, la Suède et la B.B.C. » Winston Churchill.

En-tête du ministère de l'Information, 1948 : « La télévision française sera une batterie de télé-cinéma aux pieds de la tour Eiffel, ou ne sera pas. » Heureusement, on a changé de ministre.

Même en-tête, 16 mars 1962 : « La télévision est un organisme au service du gouvernement, mais le gouvernement est issu de la nation. Donc, la télévision est le journal de la nation animée par le gouvernement. » (Et Molière d'ajouter : « Et voilà pourquoi votre fille est muette. »)

Feuille philosophique : « L'objectivité est une conception rigoureusement subjective. »

Une affirmation à caractère officiel : « En fonction des règles régissant la comptabilité publique, les chaînes de télévision n'ont ni personnalité morale ni autonomie financière. »

Feuille en forme de rose : « La révolution, après avoir été tour à tour religieuse, philosophique, politique, est devenue économique. » Signé Pierre-Joseph Proudhon.

Feuille née du bouillonnement : « La République du bâillon a vécu, voici celle des ukases. » (1968.)

Sur celle-ci, on peut lire : « La libre communication des pensées et des opinions est un des droits les plus précieux de l'homme. » *Déclaration des droits de l'homme et du citoyen.*

Portrait du directeur de chaîne idéal. « Ce doit être un animateur. Il doit avoir de la présence. Il doit être chaleureux. Ce doit être un organisateur, et surtout un homme qui aime la télévision comme l'aime le peuple. » Signé Edgar Faure.

Ou celle-ci, en forme d'aphorisme : « Quand se présente un jeune homme chaudement recommandé, et ne sachant rien faire, on l'envoie à la télévision. » (Les cabinets ministériels de 1950 à nos jours.)

Le vieil homme et la mer

Hemingway raconte avec *Le Vieil Homme et la mer*[1] l'histoire d'un pêcheur qui, au soir de sa vie, parvint à capturer un énorme espadon. Après une lutte épique, il ne put ramener au port que le merveilleux souvenir du poisson-épée.

J'ai été plus angoissé à vingt-cinq ans qu'aujourd'hui. A l'époque, ma valse à quatre temps jouait un air sinistre : Gestapo et uniformes verts, chemises noires et *Abwehr*. Le seul pont qui enjambe ces quarante ans a été constitué d'une matière qui n'est autre que la crainte des jours sans lendemains.

Grâce à cette crainte, j'ai œuvré pour la télévision, à tous les postes que l'on m'a confiés. J'ai appris que ce n'était pas la raison qui fournissait une direction morale, mais bien la sensibilité.

Les grandes œuvres ne s'expliquent que parce qu'elles restent accessibles et compréhensibles pour tous... J'ai mis longtemps à l'accepter...

Bien heureusement, la télévision d'hier n'est plus, mais voici déjà le soleil de demain. Trois nouvelles fleurs apparaissent : le cable, le satellite et l'écran plat, entourées par les corolles de l'ordinateur, du vidéodisque et de la bande magnétique.

1. Gallimard, N.R.F., Paris, 1952.

Le *câble.* Le câble apporte des émissions de télévision contenues ou fragmentées, locales, nationales ou internationales mais rend aussi service aux particuliers, collectivement ou individuellement, grâce aux signaux codés ou non codés, gratuits ou onéreux. A la demande des téléspectateurs s'ouvrira pour l'usage d'un seul, une bibliothèque d'images et de sons offrant en permanence les œuvres complètes de l'ensemble des musées du monde, reproductions fixes ou mobiles. Il y aura également le catalogue des voix somptueuses accompagnées par les plus grands orchestres en des lieux historiques, sans oublier, pour les parents ou les enfants, des leçons devenues divertissement, d'algèbre, de techniques, de civilisations, etc., qui n'ont peut-être encore pas été présentées et ressenties avec l'éclairage du moment et les besoins de l'époque.

Les *satellites.* Diffusion très large, niant les frontières, faisant fi des obstacles, agissant seuls ou étant relais d'un ou de plusieurs satellites, spécialisés à volonté (sports, opéra, feuilletons, films, éducation, etc.), ces satellites pourront diffuser au niveau des sons en quatre ou six langues, « synchrone » avec l'image. Le spectateur choisira son programme lui-même (car on peut être italien et vouloir améliorer son allemand). Les satellites ouvriront également « les très riches heures du savoir » qui seront les banques des civilisations, de la sensibilité, du langage et de l'art des hommes sans lesquels nous ne serions sans doute pas car ils furent l'humus nécessaire au développement des civilisations.

L'*écran plat.* Cet instrument occupera le plus vaste mur de votre grande pièce. Il alimentera par un vidéodisque un magnétoscope, ou un récepteur de télévision, une ou des arrivées de câbles, offrira en images fixes ou animées ce que chacun aura choisi. Celle qui attend son mari dont elle sait qu'il a eu une journée difficile, affichera en images fixes, sur leur écran plat : *La Dame en bleu,* de Vermeer dont il aime le reflet de porcelaine. Si ses pensées sont ailleurs, pourquoi ne lui offrirait-elle pas une œuvre leste de haute qualité, telle que *Jupiter et Antiope* de Watteau? Notre façon de vivre, celle de la famille seront ce que nous en ferons, en exerçant notre sens sélectif pour affirmer nos responsabilités personnelles.

Là où je serai, je pourrai enfin sourire : le travail que nous avons accompli aura peut-être permis à chacun d'être libre face à lui-même.

Je suis un marginal

En 1964, aux Caraïbes, j'aperçus sur la digue d'un petit port une silhouette familière. Un homme de dos, au bout du quai. En sabots, vêtu de toile bleue, les mains dans les poches, c'était un marin. Sa stature me faisait deviner un marin breton. Soleil en plus, le cadre était correct, mais une chose me fit aller vers lui – ses cheveux. Ils étaient blonds. De loin, quelque chose me gênait. J'avançais sur la cale. De près, ils étaient crépus et blonds. Je dis bêtement : « Bonjour! » L'homme se retourna et me répondit aimablement et longuement, ce qui me donna le temps de trouver une contenance.

Le personnage que j'avais devant moi était effectivement un marin breton, mais du plus beau noir, avec des cheveux crépus couleur paille à force d'être blonds, des yeux bleus, comme voilés par la brume du matin, la veste et le pantalon de toile bleue délavée par la mer, des sabots de bois sans décor. C'était un Breton croisé et recroisé par les Caraïbes et les Noirs, et cela depuis des siècles. En lui, je me reconnus.

Pas physiquement. Il n'était question ni de sang ni d'hérédité. Mais en moi, je crois être comme lui : un caprice de la nature. Comme lui, je n'en suis ni fier ni honteux. Je suis un marginal. L'esprit d'équipe qui m'anime, il le représente. Il fait partie d'un groupe et en porte l'habit. Dans cet uniforme sans galon, il est seul, différent des autres, mais il peut être revendiqué par la communauté et en prendre le commandement. Ma sensibilité, mon mal de vivre, mes faiblesses, mon besoin de tendresse, ce sont ses yeux bleus un peu voilés qui, lorsque la nécessité de surmonter et dc vaincre s'impose, voient le regard se durcir.

Mon besoin de voir, de connaître, d'être ailleurs, et de comprendre, ce sont ses cheveux blonds et crépus, que d'aucuns peuvent imaginer mais quc peu ont rencontrés. Mon désir de communiquer et de tendre la main, c'est le costume de toile, bleu, simple, pratique, connu et apprécié de tous qui permet, en étant à l'aise, d'imaginer le mot, la forme, la surprise et la joie, sans choquer ni gêner, parce que « l'autre » connaît l'enveloppe.

Mon envie de surprendre pour mieux parvenir à mes fins, je la reconnais dans sa présence solitaire, attachante, isolée et chaleureuse. Là où on ne l'attend pas. Ma volonté d'idéaliser, de semer le rêve, tout en restant planté dans la réalité, ce sont ses sabots venus de jadis.

Le noir de sa peau correspond à mes faiblesses, mes manques, mes craintes et aux rejets dont je suis l'objet. Quand cette singularité cesse d'en être une, elle m'apporte mes espoirs, ma volonté de lutte, mon mépris de la bassesse, mon ironie, et une dose d'optimisme souriant.

Ma question reste entière : comment tout cela a-t-il pu pénétrcr dans cette enveloppe et comment est-il concevable que de semblables ingrédients parviennent à cohabiter?

Table

Pierre Sabbagh

Cet ouvrage a été réalisé sur
Système Cameron
par la SOCIÉTÉ NOUVELLE FIRMIN-DIDOT
Mesnil-sur-l'Estrée
pour le compte des Éditions Stock
le 22 octobre 1984

Imprimé en France
Dépôt légal : Octobre 1984
N° d'édition : 4820 – N° d'impression : 1441
54-07-3416-01
ISBN 2-234-01775-0

54-3416-2